LING NAN
MAN JI

胡辙 著

2021年度佛山市文艺精品扶持项目

岭南漫记

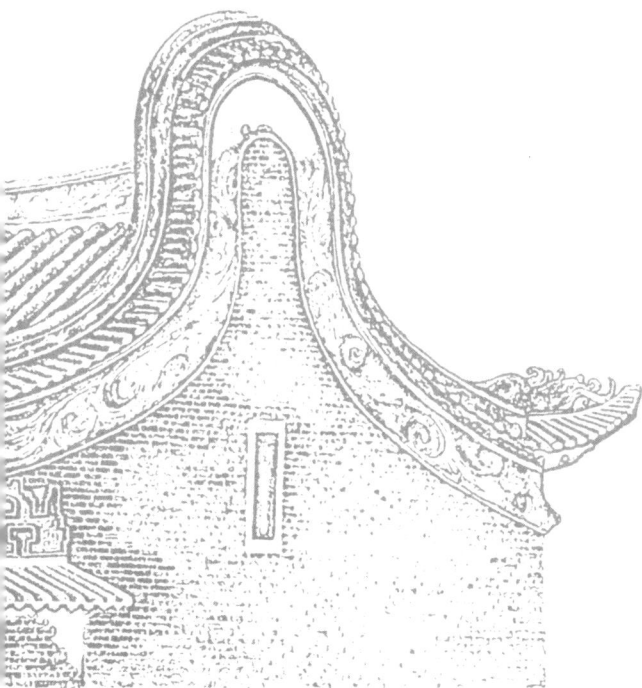

SPM
南方传媒 广东人民出版社
·广州·

图书在版编目（CIP）数据

岭南漫记/胡辙著.—广州：广东人民出版社，2022.4

ISBN 978-7-218-15523-4

Ⅰ.①岭…　Ⅱ.①胡…　Ⅲ.①散文集—中国—当代

Ⅳ.① I267

中国版本图书馆 CIP 数据核字（2021）第 259406 号

LINGNAN MANJI

岭 南 漫 记

胡　辙　著

版权所有　翻印必究

出 版 人：肖风华

封面题签：谢有顺
责任编辑：汪　泉
封面设计：萨福书衣坊
插　　图：吴国霖
责任技编：吴彦斌　周星奎
排版制作：广州市广知园教育科技有限公司
出版发行：广东人民出版社
地　　址：广州市越秀区大沙头四马路 10 号（邮政编码：510102）
电　　话：（020）85716809（总编室）
传　　真：（020）85716872
网　　址：http://www.gdpph.com
印　　刷：佛山市迎高彩印有限公司
开　　本：787mm×1092mm　　1/16
印　　张：12.25　字　数：220 千
版　　次：2022 年 4 月第 1 版
印　　次：2022 年 4 月第 1 次印刷
定　　价：48.00 元

自　序

　　从乡下的初中读完书，我没有考上县城的高中，在大人们唉声叹气中，父亲通过熟人——学校的一名电工，将我"塞进"县郊的一所中学。记得校门是两扇厚重的大木板，用红色的油漆厚厚地涂抹了一层又一层，旧的还未脱落，新的又遮上去了，看上去红得怪怪的；门板上排列整齐四排泡钉，如矩阵般的眼睛盯着进进出出的学生娃，红砖砌的围墙把校园包得严严实实。坐在教室里，耳朵里嗡嗡地响，什么都听不到、听不懂，逃课成为我的日常。一个人躲进操场后的小树林，看天、看树、看地、看蚂蚁、看各种各样的文学名著，太阳升起来又落下去，整日的时光就消融在一行行的黑白文字间。极度自卑的我连参加高考的报名都没有报，班级集体照都不敢参加就回家了。没有出息的我使父亲的叹息声更重了，他从工厂申请提前退休，让我去接他的班，从农民成为一名工人。做工人的四年，脏苦累乏都能忍受，不甘的是自我妥协，对文学的热爱。我辞去了"得之不易"的工作，拎着简单的行李去西安圆我的大学梦。大学四年，饥饿的肚子，无处着落的身体，空空的口袋，都如魔鬼般随时要将我咬碎，但我感到充实而快乐。之后又耗费了两年的时间考取了研究生，奔赴江西读书。就在我以为自己的美好生活即将开始的时候，辛劳一生被病痛折磨多年的父亲离我而去。

　　也许是命运注定，越挣扎越背离初衷。南下广东，就是宿命的安排。有些动物通过脱壳的方式来适应新的环境，我把头埋入琐碎的忙碌中自我沉醉。桌面的台历新的翻成了旧的，再换了新的，又成为旧的，几年的光阴转身而去。生活逐渐安稳，不再为生存担心，日子亦如池水般平静。

岭南春早，窗前的木棉花开了，朵朵簇拥怒然绽放、火焰般映红天空，蓦然间心中沉寂已久的文学梦被这"火焰"点燃，我要重新拿起笔来记述走过的路，经过的事，难忘的人；脚下的这片土地，韩愈、刘禹锡、苏轼、包拯等历代文人曾留下鲜明的足迹、不朽的诗篇、显赫的政绩；被誉为"岭南三忠"之首"粤中杜甫"的爱国诗人陈邦彦，疑为文天祥后人隐居的顺德容桂江中小岛马冈上的"天子岗"，坚守20年不计报酬守护鹭鸟的伦教"鸟叔"，当然还有世界美食之都——顺德的早茶……

着眼小事件、小人物、小场景，以小为小、以简为美、以情动人，碎片化勾勒，拼凑我的文学草图。这本散文集的出版，既是对自己过往的记录，也是对多年来追求文学梦的回应，它也许是开始也可能是结束，时间是最好的见证者。

最后，感谢吴国霖主席给予的悉心指导及鼎力相助！感谢责编汪泉以严谨求实的态度，指出文中存在的不少错漏！感谢谢有顺主席以君子之德题写书名！感谢陈瑞林、虹影、王威廉老师不辞辛苦撰写推荐语！感谢杨义根、陈伍华、杨斌师兄的大力支持！感谢为此书的出版不遗余力帮助我的人。

目录

第一辑

关中风物

和父亲聊聊

工作繁忙，日子艰辛，难得有空和父亲聊聊。

冲一壶茶。父亲每天下班进门的第一件事就是喝茶，往往买几元钱一斤的茶叶，一抓一大把，随意往搪瓷杯子里一扔，拿起保暖瓶倒满开水；茶叶还在上下翻滚，热气尚在蒸腾，父亲已端起杯子，咕咚咕咚咕咚，三口两口地牛饮起来，完全不管烫不烫嘴，有没有味道。第一杯喝完，父亲这才坐下来，长舒一口气，再次加满大搪瓷杯，慢慢浸泡茶叶。一大杯茶水里只有少量的茶水，茶叶就占了一大半，喝起来像熬过的中药一般，直冲鼻子。父亲十八岁从村子走向部队，复员后在甘肃兰州工作，因为要照顾家庭的缘故，不惜舍弃大城市的种种好处，千辛万苦调回陕西；20世纪60年代起在县城的国营化工机械厂做司机，常常跑车十几个小时不得停歇，不要说吃饭，就是喝口热水也不容易。口渴一整天，只有回到家才能痛痛快快地喝几口热水。几杯热茶入口，身体上下通畅、毛孔舒张，解渴解乏。今天，你不用上班，也不要着急！儿子买了你最喜欢喝的紫阳陕青茶，几百块钱一斤，你不要怕贵，味道香着呢！刚刚给你煮了酽浓的一壶，烫着呢！你慢慢喝。

点一根烟。父亲烟不离手，一根接着一根，整日像烟囱一般从鼻孔里冒着烟雾，还伴随着剧烈的咳嗽声，夹烟的食指和中指被熏得烤焦了一般。带过滤嘴的烟父亲不抽，总说抽起来没劲。父亲抽的烟一定要辛辣、呛口，才提神。再饥再渴只要抽一根烟，什么事情都可以熬过，跑车时也才能时刻打起精神，保证安全。俗话说："是福不是祸，是祸躲不过。"车祸到底还是找上门来。20世纪70年代末，一次，父亲送完货把车停在路边休息，刚刚点上一根烟，没来得及抽第二口，一辆失控的大货车东倒西歪地从路对面直冲过来，父亲慌忙往座位后面翻滚，可已经来不及了。咣的一声，大货车重重地从正面撞击了父亲的车，整个车头都凹陷下去，父亲被卡在驾驶室，浑身是血。医院里，父亲保住了一条命，满口的牙所剩无几，右小腿也骨折了。醒来的第一件事就是要烟抽，一根烟两口就被抽完了，长长的烟灰还留在烟蒂上。烟雾升腾中，父亲似乎早已忘了满身包裹的石膏。从此，满口的假牙、嵌入身体的钢板终生相伴。今天，为你买了上好的雪茄烟，又辣又呛绝对提神、你想抽几根就抽几根，想抽几包就抽几包，来！让儿子给你点上。

喝一杯酒。父亲常年开车，很少喝酒。20世纪80年代改革开放，父亲所在的工厂受到冲击，处于停顿状态，工资也发不出，而我刚读高中，正是需要钱的时候，生活突然陷入困顿。无奈之下，父亲托人找了一份给私人拉煤的活，用大货车从深山里把原煤拉到平原。这可是玩命的工作。那时的路不好走，尤其是山路，一边紧贴着岩壁，一边紧挨着深沟，曲折盘旋，稍不留神，连人带车一起翻入深沟。那段时间父亲消瘦了很多，脸上的颧骨高高凸起，眼窝深陷，脸色铁青；常常早出晚归，甚至一个星期也见不到人。当父亲拿到第一笔辛苦钱时，特意买了瓶烧酒，就着一碟花生米、一盘辣白菜、一条拍黄瓜，自斟自饮。几分自豪，几分心酸！就这样，苦熬了几年，捱过了一段艰难的日子。今天，儿子为你买了瓶陈年西凤酒，醇厚芳香、甘润绵柔；特意为你准备了皮蛋、木耳、泡菜、肘子、葫芦鸡、牛羊肉，你高高兴兴地喝，仔仔细细地品。

掬一捧土，燃一炷香，屏息静心，青烟袅袅。20世纪90年代，日子终于好转，而你却病了。还未到退休年龄的你，为了我有一份稳定的工作，早早办理了内退手续，让我顶替你的岗位，正式成为国营工厂的一名工人。退休后，你没有闲着，还在为这个家庭继续辛劳，到处找活干，可积劳成疾的你已不能再做任何事了，糖尿病侵蚀了你刚强的身躯，恶魔一样吸干了你的血肉，你瘦弱成行走的骨架，全身各处莫名地起水泡，有气无力；你被一个无形的对手彻底击垮，整日只能躺在床上熬过最后的日子。新世纪到来，和煦的阳光却不能再温暖你，你在世间受得磨难太多，上天可怜你，让你脱离苦海，离我而去。我没有听从你的话，安心做一名工人，通过学习，当了一名教师，南下广东，距你千里之外。我不知道你是否失望或者欣慰，只求此刻我与你双手紧握，心心相通。

苦茶，浓烟，老酒，檀香，有空和父亲聊聊……

2018年4月3日《羊城晚报》，4月1日《珠江商报》，《中山日报》APP

2019年8月31日入选《佛山韵律文学艺术丛书》之《2018年散文诗歌卷》

吹残铁笛，一声孤鹤南飞

沿西江溯游而上，于新会县石螺岗，有亭子立，谓之"东坡亭"，乃纪念宋代文豪苏轼而建。《大清一统志》"肇庆府坡亭"条载："宋绍圣中，苏轼谪儋州过此，留数日，居人慕之，筑亭于上。"

余以中原之躯，羁旅岭南数年，闻东坡先生遭贬惠州、儋州，政绩斐然，黎民敬仰，词作酣畅；尝不知东坡先生于千里西江孤舟泛波，穷困潮水、受阻不行，泊舟登岸，停歇数日；史载："苏轼在宋哲宗绍圣四年（1097年）四月，以六十二岁高龄再被贬谪为琼州别驾，遣往昌化军（今海南省儋县），由幼子苏过陪同，从广东惠州登程，乘木船溯西江至肇庆、梧州，转雷州再渡海。途径西江下游南岸的新会县石螺岗（今鹤山），正值龙舟水，水涨流急，船行受阻，只得泊舟登岸休憩，故后人筑亭于石螺岗上以念之。"东坡先生落足处，百代流芳，令余心心念念。择日，独往拜谒。

茫茫西江，长存天地；涛涛逝水，不舍昼夜；芦苇丛丛，风声呜呜。寻堤岸而行，林木浓翠处有石岗突兀，螺岗之阴，石阶曲折；拾级而下，空旷平阔，古榕阴翳，晴空寥寥，波拥石抱，依山面水，东坡亭翼然于江岸。波亭为六角形，六条石柱破土而出，高擎绿盖，若碧荷倒覆，如鸿雁展翅；亭内六根木制大梁榫卯契，无一钉一铁，成米子型结构承起高耸的亭顶；顶为六柱攒尖结构，由木梁向上急速聚拢，拎起全部椽瓦，顶端挽成一束，状若发髻；顶上铺就陶瓦，缀以绿楞；梁柱外间有浮雕花纹雀装饰，檐角亦有雕花护板挡雨。前两石柱为束竹柱，中间两柱为六角柱，后两柱为圆形。前柱对联已被风雨剥蚀模糊，依稀可见："涛声四面作风雨，笠影半肩挑夕阳。"文字满含自在舒畅，闲云野鹤之情；后两柱对联尚清："响彻铜琶，千古大江东去；吹残铁笛，一声孤鹤南飞。"笔墨蕴酣畅淋漓。

置身其中，寂然凝思。东坡先生于嘉祐元年（1056年）赴京赶考，以廿一岁华年中科举第二名（当时的主考官欧阳修误认为是自己的弟子曾巩，为了避嫌，使他只得第二。）名动京师；然于相国王安石倡导的新法相左，至乌台诗案性命旦夕，侥幸得赦，被贬黄州；又与宰相司马光重启的旧法相悖，自求外调，筑堤苏杭；东坡先生至此既不能容于新党，又不能见谅于旧党。绍圣元年（1094年），再次被贬至惠阳（今广东惠州市）；绍圣四年（1097年），六十二岁的苏轼泛一叶扁舟贬流儋州。

曾子言："士不可不弘毅，任重而道远。"东坡先生服膺儒家经世济民的政治理想，致志于改革朝政，勇于进言，勤于政事，政绩卓著；然其一生仕途坎坷，屡遭贬谪。究其因，皆以其秉性率真、孤傲、耿直、忠义为本源。"吾侪虽老且穷，而道理贯心肝，忠义填骨髓……虽怀坎壈于时，遇事有可尊主泽民者，便忘躯为之，一切付与造物。"承载苦难，穷且益坚，矢志不渝；东坡先生无奴颜媚骨之姿、趋炎附势之态、委曲求全之策、阿谀奉承之虚。尚东坡先生仅有对苦难的苟且，恐不能就东坡之名，他的非凡之处在于能将凄苦的人生旅程写满诗意和远方，沉着、乐观、旷达、洒脱。"夫圣人虽在庙堂之上，然其心无异于山林之中。"

岭南两广一带在宋时为蛮荒之地，罪臣多被流放至此。迁客逐臣往往颇多哀怨嗟叹之辞，而东坡先生则不然。"试问岭南应不好，却道：'此心安处是吾乡'。"表现出他素有的积极乐观、随遇而安，流露出他对岭南风物的热爱。"罗浮山下四时春，卢橘杨梅次第新。日啖荔枝三百颗，不辞长作岭南人。"东坡先生在岭南时的心情与初贬黄州时相比，显得更加平和闲适，不见了"空庖煮寒菜，破灶烧湿苇"的失意与苦闷。然再次遭到当权者的排挤，流放孤岛。

焉不知先生在此石岗停留几日？亦不晓先生此地感悟几何？唯见亭右有碑侧立，水浸沙蚀，其文漫灭不可识；细观之，粗粝的花岗岩碑石镌刻"过辙流芳"四个敦厚楷书大字；亭后有"天地一间屋"石刻。漫步亭外，豁然开朗，凝滞顿消；江面澄阔，水天混沌；极目远眺，苍苍茫茫，洪流汤汤。亭左曲径通幽，寥寥数步，转弯处，又显一亭，乃"朝云亭"。东坡亭建后，至清初，出于对东坡先生小妾王朝云的敬慕和怀念，金陵马稀于东坡亭东侧续建朝云亭。原本在惠州时，先生尚有侍妾王朝云、长子苏迈跟随，但此后朝云病殁，就只剩下苏轼父子飘零过海了。东坡亭和朝云亭相守相望，屹立江边，风雨与共。

5

　　斯人已去，神与物游。脚下一脉江水隐露于嶙峋断裂的浅红花岗岩石，若巨兽饮江，刻有隶书"坡公泊舟处"，字迹隐约可见。江风乍起，时而飒飒，时而呼啸，时而窸窣，如仓皇的蜂群，似婴儿的低啼，若古琴的哀鸣，惊乱丛丛芦苇，俯首四散；江水躁动，或而呜咽，或而沉吟，或而嘶吼，卷起浊浪奔涌，泥沙争斗，涛石相搏。沙渚残潮，白鹤翩然，长鸣划空，击水而起，腾空展翅，一飞冲天，杳无踪迹。先生于此处无一墨迹遗留，无一文字颂咏，世人知螺岗东坡亭者少之甚少，几分怅惘，几多愁肠，然"人生到处知何似，应似飞鸿踏雪泥。泥上偶然留指爪，鸿飞那复计东西。"

　　独立礁石，斟一樽尘封千年的老酒，慷慨而歌："响彻铜琶，千古大江东去。"风中消瘦，和一曲沉吟至今的感叹："吹残铁笛，一声孤鹤南飞。"

2018年3月16日《西安日报》，同年4月深圳《莲花山》

脚　步

　　冬日的黄昏，太阳慵懒地倚着树梢，绯红着脸，偷偷往树丛里直缩，夜幕早早降临了。寒风将人们赶进屋子，桌上的酒菜诱惑着家人围坐一起，说南道北，享受一年短暂的团聚。偶尔有贪玩的小孩，在屋外燃放捡来的爆竹，噼——啪——噼——啪——，有一声没一声地嘶响，延续着春节的欢乐，年的气息还在，但毕竟有些冷清了。

　　明天我又要远赴千里之外的南方工作了。母亲从前一天开始就变得沉默起来，不见了我刚回家时的欣喜。我十八岁离开家，在外漂泊，做工人、上大学、做教师，几乎很少有时间陪在她身边，仅有短暂的假期可以和她相处几日。这段时间，她的话语像发了酵的酒糟一样，噗噗噗往外直冒，熏得我头昏脑胀，迷迷糊糊。可今天，她不说话了。一会拿起笤帚扫扫干净的地面，一会拎起凳子吹吹没有灰的凳面，屋里的家什被她从这里挪到哪里，又从哪里摆到这里；好不容易坐下来没几分钟，又悠地站起来，从前门走到后门，从后门走到前门。厨房的门没有掩好，一只猫来偷食案板上的肉，被她恨恨地骂了一句难听的话，"喵"一声夹紧尾巴跑了。

　　炉子上的水咕噜咕噜地哼哼着，满肚子委屈地喷着热气，扑向寂寂的半空，消散了。母亲几次张了张嘴，没说出一个字来，只是长长地叹气，间或用眼睛斜斜地盯我一眼，又连忙装作在忙手上的活，空气像停滞了一般，只有时间在无声地流动。"带几个苹果路上吃吧？"怯怯的声音打碎了长久的寂静。"不要！"我慌慌地回道。"那带点辣椒面吧？我亲手碾碎的，南方湿热，祛湿！"细细的声音碎碎地说。"上火。"我急急地答道。"我明早给你煮碗面条吧？吃了坐车就不饿了。"母亲讨好般地看着我说道。"不吃！一大早吃什么面条？"我几乎嚷叫起来。"那我明天送送你……""送什么送！"没等母亲的话语落地，我冷冷地截断了她的话语。风呜呜地刮起来，杨树上几片枯叶飘落下来，贴着地面，吱吱地响，要下雪了！

　　不知从何时起，天上飘起了雪花，整整一夜。我被侵入被窝的冰冷灼醒，睁开眼睛、窗外好像铺了一层反光纸，白晃晃的一片。看看时间，还不到凌晨四点，可睡意全无。哆哆嗦嗦穿上衣服，轻轻打开门。树枝、烟囱、屋顶、地面全是层层的积雪，叠叠的雪几乎要撞门而入了，早有几行清晰的脚印深深地印在雪地上，循着脚印，母亲不知何时已坐在院子中间，漫天的大雪放纵地落在她的头顶、肩膀、前胸、后背、脚面，母亲兀自坐着，蜷缩的身子如一桩枯树根。我不敢正视已成"雪人"的母亲，只是气愤冲她吼道："这么冷的天，你起来干什么？"母亲笨拙地站起来，讪讪地说："起来了，我给你准备洗脸水去。"暖暖的一盆水温度正好，捧在脸上的感觉犹如一双温暖的大手轻轻抚摸着。我的眼睛突然有些酸胀，赶紧用水冲洗眼眶，溅起满脸的水花，有几滴滑落嘴角，竟有些淡淡的苦涩味。洗漱完毕，我拎起行李箱，推门就走，母亲紧随身后喏喏地说："我送送你吧？""不用！"我狠狠地拒绝了她，摔上门，走了。

天还没有亮，蒙蒙的清晨，街道上一个人也没有，两边的房子都被冻僵了，直直地站立着，一动也不动；鸡也不叫，狗也不吠，整个村庄昏睡不醒。我裹紧衣服，踩着淹没脚踝的积雪，嘎吱嘎吱地走。冷风从身后吹来，扑扑地在耳边响，恍惚间有几声踏踏的脚步，正由远而近。谁这么早起来，像我一样赶路吗？我回过身来，母亲枯瘦的身影正在远处向我追来，劳累一生而被压得变形的腿，左一晃、右一晃，深一脚、浅一脚地在积雪中紧跟慢追，身后的脚印与我的脚印清晰地叠在一起，一大一小、一宽一窄、分开、重合、平行、交错、相伴、相随。瞬间，我被闪电击中一般，心里一紧、打了一个寒战，有酸酸的液体从身体内上涌、汇聚、混合，几许苦涩、几分辛辣，化作泪水迸涌而出，滚烫、热辣、肆意、张狂。一滴滴、一粒粒，在脸颊翻滚、打转、盘旋、撞击、坠落，砸向脚下的积雪，摔碎在黏湿的地面上，击穿了我的心……"你回去，不要送了！回去，回去，回——去！"母亲怔怔地站住了，一只被惊醒的乌鸦呱的一声飞走了。母亲无奈地向我摇了摇手，郁郁地转过身去，缓缓地往回走了，矮小的背影如雪地上的一个黑点。雪更大了，晨空中的启明星更亮了，我加紧脚步，朝着母亲相反的方向，越走越远越走越远……

2018年4月2日《佛山日报》，3月18日《珠江商报》。《中山日报》APP

距　离

20 世纪 70 年代，我出生在关中平原的一个小乡村，来到这个世界的那一刻起就注定我的身份是一个农民。虽然田地的尽头就是烟囱高耸的工厂，但一条排泄工厂废水的护厂河把乡村与城镇决然断开，高高的围墙、锋利的铁丝网、冰冷的铁门，楚河汉界，秋毫无犯。那边是一个繁华的世界，这边是一个冷清的天地。尤其到了夜晚，乡村人只能点煤油灯照亮，而城镇人有明亮的灯光，城镇如夜空闪闪的星河，乡村若漆黑无边的陷阱。无数次，站在田垄上，想象着有一天自己也可以成为一个城里人。那时，我与城市相隔一个"户口本"的距离。

高中毕业，没有考上大学的我顶替父亲进入县城的工厂，成为一名洗脚上田的城镇人。还未感受到城镇人的欣喜，就被车间隆隆的噪音吵得头晕目眩，被散发着令人窒息的化学气味熏得呕吐不已，被飘散的粉尘涂抹得蓬头垢面，繁重的体力劳动，日日夜夜简单重复的动作使我逐渐消沉，整天无所事事，漫无目标，只有沉醉在烟雾酒精麻将中勉强度日，浑浑噩噩两三年光阴虚度。同龄的伙伴有的已大学毕业，纷纷在省城西安找到了令人羡慕的工作，原来读书真的可以改变命运。我这才认识到知识的重要性，开始积极寻找各种途径一心要去上学，我要改变我的人生轨迹。那时，我与大学相隔一张通知书的距离。

离开工厂，在父亲母亲的责骂声中，在众人诧异疑惑的目光里，背着一卷被褥、拎着一只塑料大桶、挎着一个旅行包，孑身一人来到西安，以借读生的身份在西北大学开始了我的求学生涯。校园里老师的谆谆教诲，为我打开了璀璨夺目的知识宝库，《诗经》《楚辞》《史记》……王勃、李白、苏轼……鲁迅、郁达夫、沈从文……黑格尔、尼采、弗洛伊德……他们或相距千年、或相距数百年，但那时我与他们的距离那么近、那么亲，仿佛就坐在对面促膝长谈。西北大学求学数年，有幸见过众多的名作家：贾平凹、余秋雨、刘墉……拜访过用生命写作的路遥曾经生活过的陕西省作家协会大院，与他们似乎触手可及。此后，经过努力，终于等来一纸研究生入学通知书，再次背起行囊远赴千里之外，到江西继续深造，在陈公仲教授的引荐下和华人杰出作家严歌苓、虹影、张翎等做过交流，探讨过创作的问题，写过有关的文章。我与她们的距离虽然远隔重洋，却就在眼前。

大学毕业，一心回归故乡、待在家人身边的我，命运造化、孤身一人，南飘广东。深陷于为稻粱谋的琐琐碎碎，迷失于追名逐利的蝇营狗苟，仓皇如惊弓之鸟，慌忙似无头苍蝇。书籍已尘封多日，笔墨已干瘪皲裂，文字已锈迹斑斑；填不完的表格，理不清的杂事，接不停的电话，充塞整个忙忙碌碌的日子；有时，想给相距两千多公里的母亲打个电话，可每次总是忘记；偶尔打通了，又总是寥寥数语，无话可说。母亲不会上网，我和母亲的沟通只能通过电话简单问候，母亲在北方，我在南方。夜晚，揣着疲惫的心，做短暂的休憩，遥望夜空、星光明灭、那可是父亲关注的目光？那可是父亲殷切的探望？此时，我多想听到你责骂的声音、愤怒的训斥……什么都没有，你已离我而去数十载、一抔黄土，你在里头，我在外头。

距离，无处不在。从童年到少年至成年，时间的刻度追赶不上父母的老逝；从农民转工人做教师，身份的转变跨越了认知的鸿沟；从长安徙赣江、迁岭南，牵挂的思念冲淡不了亲情的遥远。生活在浮躁中，我与你、你与他、他与她，交往的密切没有消除人与人之间的隔阂。距离，那么近，那么远。

2018 年 2 月 4 日《珠江商报》，《中山日报》APP

焚香一炷　遥寄哀思

　　阴雨绵绵时，草木青青日，清明又至。心情不禁沉重起来，父亲坟茔的荒草可有人剪除，矮小的坟墓可有人添加新土，坍塌的坟头可有人修筑？父亲离开我已经十几年了，每到清明节我的心如阴雨般沉郁。为了追求自己的生活，我从父亲身边决然离开，先是从陕西到江西读书，后来南下广东。原以为父亲可以等到自己孝顺的那一天，可天命难违，父亲早早离我而去。因为工作的原因，即使是清明节我也难得回家一趟，祭奠长眠在故乡的父亲。只有在放假的时间去给父亲上上坟、除除草、培培土，告慰父亲自己在广东一切安好，请父亲放心。

　　焚香一炷，遥寄哀思；父亲坟头的迎春花是否正在寒风中开放？那是父亲走后的第一个清明节，一丛野生的迎春花不知从何处而来，在父亲的坟旁灿然开放，一如我的怀念。

2019 年 4 月 7 日《珠江商报》

一罐辣椒粉

　　母亲在空地种了一片辣椒，没事就去除除草、浇浇水、施施肥，看着辣椒从枝干上拥挤地探出头来，长出苗条的身材，再褪去青涩的绿色，变得通红发亮，完全成熟。母亲特意挑拣那些个头大、匀称、结实饱满的辣椒摘下来，放在屋顶暴晒。几天时间，辣椒里的水分完全风干、愈加鲜红清脆，用指头轻轻拿捏，立即变得粉碎。这时，母亲早已在灶膛燃起了柴火，把铁锅烧得发烫、为了让辣椒更加香脆，先在锅底涂上薄薄的油脂，然后把干辣椒猛地倒进锅里，文火慢烘、不断翻动；辣椒的辛辣味被持续激发出来，夹杂着水汽烟雾般升起，呛得母亲眼睛流泪、喷嚏不断，但母亲没有挪动半步，固守在锅边，生怕炒煳了，直到辣椒微泛焦黄，趁热出锅。再一把一把放进石臼里，用石杵上上下下地捣。大约半小时、近千次的碾砸，辣椒细碎如面粉。母亲拿出事先准备好的塑料罐，用勺子沿着石臼的四壁左左右右地刮出辣椒粉，装进罐子。罐子装满，还要用塑料袋严严实实地包裹起来，防止受潮。做完这些母亲才停歇下来，看着满满一罐的辣椒粉，心满意足。她的孩子又可以吃上自己亲手做的辣椒粉了。我喜欢吃辣椒，工作在距离母亲千里之外的地方，每年回家，母亲总要给我准备一罐辛辣飘香的辣椒粉，这是我收到的最好的礼物。

大　大

　　蓦然间，出走乡村已有二十多年了，村里的乡亲、房屋、道路、田地都发生了莫大的变化，唯有童年的往事长久地深埋在那片泥土里，萌发记忆的藤蔓，拉扯我回到过往。

　　那个流着鼻涕的孩子，光脚立在田间，扭转小脑袋，怔怔地盯着现在的我。

　　小时候，我有两个家，一个是平日生活的家，另一个是曾经被寄养的家。母亲生下我后没有奶水，为了养活我，打听到十几里地外的村子有位妇人，孩子刚刚断奶，还有奶水。就拎了十几个鸡蛋，两包麻纸包的红糖，再加每月十几元钱，把我寄养在了奶妈家。

　　这些都是长到能记事时我的亲生父母讲给我听的。那一天，我睁大眼睛看着整日生活在一起的他和她，手里攥着他们刚给我的白面馍馍，不知道是吃还是不吃，停顿了一会，塞进嘴里的白面馍和吞咽棉花团一样；为了不被看出我的异样，假装低下头来看脚上穿的新布鞋，五个脚趾在鞋子里扭来扭去，如要钻出泥土的蚯蚓；地面成行爬动的蚂蚁忙着拖走从嘴角掉落的馍花，零散的两三只攀上了鞋面，却找不到来时的路，打着转，探寻逃走的途径；屋檐下孵出没多久的小燕子，极力抻长了脖子挤到窝沿，叽叽喳喳地叫起来，燕子妈妈叼了条毛毛虫，"嗖"地从头顶飞过去。我像小燕子般张开了嘴，叫了声爸爸妈妈。

　　"大"（dá）是陕西关中地区对父亲的称呼，与我而言是属于寄养我的养父独有的名号，正如喂奶给我吃的养母叫她奶妈一样。记忆中亲生父母对我更多的是管教，而养父母对我更多的是溺爱。七八岁那年的初夏，不知道做错了什么事，母亲狠狠地打了我。我躲在屋檐下的柴草堆里，像只老鼠把自己藏起来，无声地抽泣。当我扯断第五百根干草茎时，白日终于熬不住了，变了脸色昏沉下来，落雨了。湿冷如流浪的猫一般钻了进来，张口就咬住了发抖的我。我惊叫了一声，猴子似地蹿出柴草堆，逃出村子。

天已经晚了，细雨蒙蒙，到了喝汤（吃晚饭）的点了。村民家的烟囱跳出浓稠的烟雾，还没来得急撒欢，就被风扯成碎片，扔得屋脊瓦背上满是残絮，夜色暗暗收拾了它们。灯光昏沉地亮了，喊叫孩子回家吃饭的吼叫声唱秦腔般地响起来了，贪玩的小孩装作没听到，藏在暗处不出声，猛地被大人捉个正着，拧了耳朵拽回屋去。我兔子般竖起了耳朵，捕捉空气中震颤的频率，细雨沙沙落在宽大细长的玉米叶上，如无数的蚕宝宝在啃噬鲜嫩的桑叶；还有乱跑的狗挨了棍子，吱吱地朝着空无的夜空叫，就是没有关乎我的喊声。泥泞的大路上，全身的衣服被雨水舔湿，贴在皮肤上黏糊糊的，茅草般长满疹子；肚子里有只布谷鸟咕咕咕地叫，在雨中异常响亮；拔出陷入泥坑的双脚，我没有走回几百米内的村子，扭过头来凭着仅有的记忆向养父家走去。

这是第一次在没有大人带领的情况下走这么远的路，而且还是在夜里，下着雨。地里的玉米个个威武高大，挥舞长长的手臂随时要将我抓了过去和它们站在一起。路的这边是玉米，那边也是玉米，横行竖排织就张张巨大的绿网，我被罩在网格里艰难地移动。往路的这边走两步，又往路的那边挪几脚，随时躲闪着两边扑过来、抽打我的玉米枝叶。黑魆魆的夜，细蒙蒙的雨，前面没有人，后面也没有人，"吧唧吧唧"踩踏泥水的脚步声，野兽般追赶着我。大人常常恐吓不听话的孩子，玉米地里有狼，专吃小孩子，尤其是在夜里。狼瞪着绿眼珠子悄悄跟着你走路，接近你时就把身子直立起来，从身后用前爪搭上你的肩膀，你听到狼的呼吸声转身来看，狼一口咬住你的脖子……密集的玉米丛中传来窸窣的响声，似隐藏的饿狼要钻出来。我羊羔般撒腿就跑，心脏里有面鼓"咚锵咚锵"打个不停，鼻子里像搁了风箱"呼哧呼哧"来回抽动，迎面的雨点"啪啪啪"打过来，独自溜达的风被我撞得四处逃窜。"咔嚓"，斜刺伸出的玉米秆绊倒了狂奔的我，我直接脸朝下扑进了泥水里，本能地手抓脚蹬，稀里糊涂站了起来，脚面有热乎乎的血在流，鞋子早已不见了。那杆被我踢断成两截的玉米，上面的半截竟然有结了籽的玉米棒，伸手扯住玉米棒的两头，一把掰了下来。我撕开包裹严实的外皮，露出了黄豆大小稀疏的玉米粒，抽掉纠缠的青丝，啃骨头般吃光了流出汁水的颗粒；再将下半截从土里拔出来，用脚踩住根部掰断，拽掉叶子，握在手中，它瞬间成了发着绿色光芒的金箍棒。

我攥紧它，对着空中左右乱劈，嘴中念念有词"嘿哈嘿哈"走过一个村子，又走过一个村子，远远看到养父家的灯光在黑夜里闪闪发亮。

屡弱的光从老旧门板的细缝中挤出来，将门前的黑暗切割成一片一片的。踩在光秃的门槛上，依住门板，小胳膊用力伸长，指尖摸到倒吊的铁环，用足了力气"梆梆梆"地敲，突兀的声响惊扰了木架上假寐的鸡，"咕咕咕"不安地叫。"可是库儿？"养父亲切的呼叫温暖地传来，我一下大哭起来。"是我，大！""别怕！我这就给你开门。"屋子里养父的脚步"嗒嗒嗒"地回响。门开了，我扑进养父的怀中，咧开嘴更大声地哭起来了。养父摸摸我的小脑袋，抱紧了我。"怪不得今天我的右眼老是跳，晚上也睡不着，刚才还在想有什么事，原来是我的库儿挨骂了。"养母也跟着起来了，假装生气地问："咋啦？你妈又骂你了。快到被窝里来，暖和。"养父两下扒去我沾满泥水的衣服，用毛巾抹干身上的水，把我塞进了被窝。养母点着了灶间的柴堆，给我热馍馍吃。火膛里的焰火明灭不定，养父母的身影忽隐忽现菩萨般安详。我躺在被窝里，吃着热乎乎的馍，看着养父抽出长长的老烟锅，捅进烟袋，用力按压填满自种的烟叶，点上火，砸吧着嘴，吞云吐雾，成团的烟幕自头顶生起，柔缓地上升、飘过屋梁、散了，看不到了，我睡了。

第二天睁开眼，奶妈早已做好了稀饭等着我吃。我问大呢？"天麻麻亮就去地里除草了。"奶妈略带疲倦地说着话，"昨晚等你睡着了，你大披件雨衣，骑上自行车，淋着雨就向你家去了。怕你爸妈担心你，要给他们报个信，说你在我们这里。路上全是烂泥浆水，你大摔了好几次，推着车子又走不动，干脆扛起自行车走路，夜里三四点才回屋，睡了个囫囵觉。天晴了，又去地里干活了。"太阳攀到最高的玉米梢时，大从田地里回屋来了。我坐在门墩上，远远看见大胳膊下夹着一大捆带着露珠的青草，头上冒着热气，手里还拎了两颗玉米棒子。"给，叫你奶妈给你煮了，吃了。我娃夜黑里受罪咧！大心疼得很！"我接过了大手里的玉米棒子，拽住他的衣摆，他走到哪里我就跟到哪里。大去喂猪，我就跟到猪圈，看猪哼唧哼唧嚼草；大又放鸡，我就追到鸡栏，吆鸡扑棱扑棱地飞走；大要担水，我就跑到井边，听水桶咕噜咕噜地喝饱水。奶妈烧滚了水，找不到玉米棒子，原来还拎在我的手上。

吃完了早饭，大找了根拇指粗的竹竿，细的那端用废铁丝扎出个圆圈，像个大号的放大镜，不过中间没有玻璃。我攥住较粗的根部，将杆子举起来，透过圆圈迷着眼看高旷的天空，棉花糖一样膨松香甜的白云飘在空中，拍一下就能掉下来，可我够不着。转身寻找屋檐下、墙角里、鸡窝狗棚上的蜘蛛网，只要把竹竿顶的铁圆圈对准蜘蛛网反复转几圈，整只网就收在里面了。趴在网中央的蜘蛛刚刚还以为粘到了虫子，但发现有巨大的危险，慌忙从腹部吐出根长长的细丝来，将身体垂落到地面，八条腿轮番发力，逃命去了。一会儿，圆圈上就缠满了厚厚的蛛网，用手指试试黏度，树胶一般，可以去逮知了了。

有片小树林围绕村子，槐树、榆树、杨树、椿树，还有些叫不上名字的树，有的高大、有的矮小，经过夜里雨的浇灌越发显得青翠，浓密的叶子挤挨在一起，遮住头顶燥热的阳光。脚下是松软的泥土，知了就生长在地下，黄昏时从土里钻出，爬到树上，抓紧树皮，开始蜕化。头先出来，紧接着露出绿色的身体和褶皱的翅膀，停留片刻，使翅膀变硬，颜色变深，便开始起飞。原来的软壳被丢弃，风一吹就成了干的标本，用手轻轻掰动，完整的壳就收到袋子里了。晌午的时候，知了开始在树杈间吱吱吱地叫，循着响声，瞅准它落在树枝的具体位置，举起竹竿，用顶端的蛛网从后面慢慢靠过去，知了警觉到有东西接近它，展开翅膀要飞走，噗的一声就被粘住了。被网住的知了拼命地震动翅膀，发出粗粝的鸣叫，可是越挣扎粘的越紧，一股尿水滋地从它屁股喷了出来，溅得到处都是。我顾不得擦掉脸上的尿水，赶紧用手捉住蛛网上的知了，塞进袋子，又去找下一只了。几个小时后，脖子仰得酸痛，手臂也抬不起来了，袋子里的知了也满了，大约有五六十只。我得了宝贝似的蹦跳着回到屋子，大一把搂住我，放在他的大腿上说："我娃能行得很（有能耐），逮了这么多知了。"趁机用他粗硬的胡楂扎我的小脸蛋，痒得我哇哇大叫。

知了壳用开水烫过，放点盐，直接捞了吃，带着土腥味，绵绵的如嚼牛肉一般。活知了要等奶妈做过饭以后，灶膛里剩下没有明火的柴灰，把知了埋进去，等焦烟味没有了，快速扒拉出来，橙黄油香的美味知了就好了，咬一口，满嘴溢香。在养父家住了几日，爸妈托人捎话来，要我回去，大和蔼的脸色立即变得僵硬，我也一百个不愿意。又住了几日，大说要带

古屋藏風韻　明月賦新詩　國畫家子恒容城　藝術館

我上集市逛逛，这时我最高兴的事。自行车刚推出屋，我蚂蚱般蹦上前梁，骑马般嘴里喊着驾驾驾，催着大快点走。"骑慢点，骑慢点。"奶妈叮嘱的声音早已被甩在身后老远的地方。集市上有太多好吃好玩的，大今天也表现的特别大方，让我玩套圈、看耍猴、打气枪、吃凉皮、尝冰糖、喝汽水，大就在身旁看着我吃喝，他什么也没吃。等我玩累了、吃饱了，有些困了，大把我抱上车后架，让我搂紧他的腰，靠在他的背上眯眼睡。他踏着自行车，没有走来时的大路，转头拐进了玉米地里的小道。田间耕种的路，又细又窄还凹凸不平，茂密的杂草遮挡了路面，直立的玉米层层将我们包围，辨不清路的方向，大和我一头撞进绿色的丛林。

夏日的阳光在我的眼里变得越来越明晃，张开眼，熟悉的村子就在眼前，我猛地清醒了，大要送我回亲生父母的家。我咣地跳下车子，朝反方向狂奔。大扔掉车子，大步在后面紧紧地追，我终究是跑不过大。大粗壮的手抓住扑腾个不停的我，让我想起粘在蛛网上的知了。我声嘶力竭地哭泣，洇湿眼前的天地，模糊中，我从身体里蝉蜕而出，长出绿色的翅膀，向着天上的棉花糖，飞翔……

时光匆匆，眨眼间我已成人，为了生活迁居南方，与大的走动愈来愈少。前年，他在八十八岁的高龄寿终，走的时候只说自己有些累了，要休息了，安详地离去了。又一年的玉米高高地挺立在田间，拨开层叠的玉米叶，一方矮矮的坟墓凸起在杂草间。轻洒老酒，遍插陈香，青烟缭绕，纸灰飞旋……明媚的天空中，棉花糖似的白云幻化成一张熟悉的脸庞，向我露出微笑。

2021 年第 1 期《佛山文艺》

玉　米

　　进入六月，太阳愈发暴躁起来，天刚亮就满膛的火，烘烤干涸的大地。北方的田野上，大片大片青葱的玉米，密密麻麻布满沟坎平原，株株丛丛，笔直挺立，接受猛烈的阳光。

　　积攒了一夜墒情的田地在灼热的太阳光下，水汽从土缝里溢出，贴着地面徘徊，不舍地盘绕在玉米粗壮的根部，携带的湿气再次滋润曝露的根丫，随着气旋上升，氤氲成一团团淡白的雾气，消散在空中。一排排、一列列、一片片整饬的玉米站立田间、直指天空，似秦王的军队，以兵俑的姿态，昂首挺胸、严阵以待，骄傲地耸立；一株株、一杆杆、一个个肥硕的玉米神情各异、吐露芳华，如教坊的歌妓，以献媚的心思，长袖善舞、绿衣飘动，娇嗔地摇摆；嫩黄的天花，自顶端灿然盛开，似高扬的旗帜迎风飘扬；颀长的叶子，从主杆极力押出，像伸长的手臂承载雨露阳光；丰腴的身躯，由地面破土而出，如负重的脊梁擎起层叠绿叶；粗壮的根系，穿透表皮、突兀斜刺，插进泥土、深入地底，汲取每一滴养分。颗颗玉米枝叶舒展，蓬勃生长。

　　太阳肆意地释放亘古的能量，烈焰一般炙烤大地，空气中弥漫滚滚热浪。高高的玉米张开宽大的叶子，挺立向上，重重叠叠，错落有致，吸收每一缕阳光；青青的枝干裸露强劲的身躯，肩并着肩，整齐排列，密密匝匝，筑成一道绿色屏障；簇簇的根须跳动奔涌的脉搏，张力十足、条条束束、参差不一，拥抱脚下的土地。枝枝杆杆、挨挨挤挤的青玉米郁郁葱葱地凸显在宽广的原野上，绿油油黑黝黝齐刷刷直愣愣，满眼的绿色绵延数里，清凉的阴翳连亘不断，旺盛的生命疯狂滋长。一垄垄、一亩亩、一畦畦，青纱帐、玉米地，漫卷黄土高原。

　　暴晒的树皮抵挡不住炎炎烈日，嘣的一声裂开了，惊飞了正在嘶鸣的知了。阳光直直地照射着大地，整个地面变得滚烫起来，焦干的尘土纷攘着逃向空中，形成一团团的尘雾，远远望去，着了火一般。玉米依然长枪一般立在田间，威风凛凛。脚下的黄土越来越烫、越来越干，紧紧地绷住、牢牢地板结、微微地裂缝，逐渐暴露出埋藏在泥土里的根；丰润的身姿愈来愈干、愈来愈渴，慌慌地躲避、渐渐地收缩、轻轻地颤抖，慢慢显现萎靡的状态；郁勃的枝叶，经脉抽搐、筋丝疼挛、叶片扭曲，狰狞成一线细细的绳，条条道道勒紧主杆；玉米几将窒息，呼吸微弱，体内的水分蒸发飞腾遁形。它听到嘎嘎嘎的声音从脚下传来，地下的根须在断裂；铮铮铮的声音在体内鸣响，干燥的身躯已耗尽所有水分；它看到片片叶尖已经焦黄，甚至延伸至叶面，有叶片从身体剥离、跌落、枯萎；站立的主杆开始晃动、眩晕、倾伏、摇摇摆摆；就在低头的瞬间，它看到了被呵护的玉米棒绺丝吐露、青衣包裹，绿莹莹、圆溜溜、湿漉漉、如初生的婴儿以仰视的角度望着它，它猛然回过神来，重新抖擞起来。

恍恍惚惚间玉米仿佛被风干成田野里的标本，通体焦黄、全身枯干、直挺挺倒向空旷的地面，用橙黄的身躯覆盖大地，裸露生命本真的底色；荒芜的杂草为它起舞，奔跑的夏虫为它鸣唱，焚烧的野火为它疯狂，滚滚的浓烟为它送行，灰烬漫舞，遮天蔽日，似在祭奠一个个远逝的英雄。天地间渴望一场大雨，抚慰这狂躁的大地。

入夜，炸雷响起！一点、两点、三点，雨滴直直砸向地面；唰唰唰、哗哗哗，疾雨如柱，喷涌而下，瞬间浇灭了嚣张的热焰，灌溉了龟裂的大地，滋润了干渴的田地。株株玉米亭亭玉立，片片绿叶郁郁葱葱，个个玉米棒丰盈挂满田间。

2020 年 7 月《华文月刊》（总第 71 期）

南仁堡印记

我不知道这个叫南仁堡的村子是什么时候形成的，只记得在我出生时她就已经存在了。自东向西是一条疙疙瘩瘩的土路，两边挤着高高矮矮的屋子，吃个馍的工夫就可以从这头走到那头。村子大约有五六十户人家，三百多口人。据说以前村子是有城墙围住的，有东西南北四道城门，平常只打开东西两道城门，设专人看守，早开晚关，保护村人安全。一九五八年"大跃进"的时候被扒了，撒到田里当做肥土。出了村子就是田地，每年种两茬庄稼：夏播玉米，秋种小麦。村人大多以种田为生，农闲时编织芦苇席，串乡叫卖，补贴家用。

一、耕种劳作

村民的劳作是紧紧跟随庄稼的脚步的。春天的第一场雨落下来的时候，村民早已披上用化肥袋子折叠的雨衣，把双脚塞进冰冷的塑料雨鞋，或者光着脚丫，踩进泥泞的田埂，在麦子地里拔草了。经过一个冬天的蛰伏，麦子终于可以铆着劲伸展枝叶了，与它同时生长的还有荠荠菜、苦苦菜、马齿苋、狗尾巴草等。这时的杂草刚刚冒出头，根还没有扎稳，只需用手指捏住茎秆，趁着黏湿的土壤稍稍用力，杂草就连根带泥拔了出来。拔出来的杂草顺手带回家，喂鸡猪羊牛。鲜嫩的青草，鸡啄猪啃、羊咀牛嚼，吃得欢实，残留的草根泥巴混合着动物的粪便堆积成肥，经村民的手重新散播到田里为庄稼追肥。春雨稀疏天气渐热，麦苗挺身拔节长高，像长身体的孩子，一天一个样。农谚讲"土是本，肥是劲，水是命"。看麦苗每天浓绿粗壮硬朗挺拔，村民喜在心头，上县城买来化肥，弯下腰用手攥着肥料贴地皮细细抛撒，再引来地头的清水漫灌，如侍弄自己的孩子般用心对待庄稼，只期望能结出饱满的麦穗。初夏时节，麦子开始杨花抽穗，嫩黄色的花蕊像顽皮的孩子随风到处乱跑，小脚丫踩着青涩的麦穗，和欢跳的枝叶嬉戏。村民可无心欣赏这些，不时地看看头顶的天空，生怕下起雨来。

22

雨砸落了麦花、麦子不能授粉，就没有好收成。老天似乎也知道了村民的心思，放晴多日，助麦子安然度过了授粉的关键点。几天的时间麦穗似有了心事，暗暗鼓胀身子丰盈起来，散发甜甜的麦香。潜伏在麦田里的麦蚜虫、吸浆虫、蝗虫等早已按捺不住，半晌的工夫就爬满了麦穗全身，吃光正在灌浆中的穗子；还有白粉病、赤霉病、黑穗病等大片扩散，绿油油的麦子遭受病虫害的折磨，蔫蔫的没有了精神。村民急急跑回屋子、背起喷雾器、释兑农药、对准病害、喷洒药水，病虫害消除了，麦子又恢复了浓绿的模样，村民焦灼的心缓缓平静下来。头上的太阳挂得更高了，空气中只有热风在流淌，麦子渐渐黄了，子规鸟的叫声随风传来了，"算黄算割，算黄算割。"催促村民可以收割麦子了。熟知时节的村民并没有那么着急，找出担笼，掏出灶膛里堆积的锅灰，均匀漏洒在滚动的碌碡面，平整出堆放麦子的场地；取出搁置在柴房的磨刀石，解下挂在墙壁的镰刀，上上下下磨得锋利，随时下地收割。进入盛夏，最热的日子正是割麦子的时候。人常说"龙口夺食"收麦子早一日不行，晚一天也不行。收得早，麦子浆汁没有灌饱，麦粒干瘪瘪的，磨出的面粉麸皮多白面少；收得晚，麦壳儿炸裂，圆滚滚的麦粒弹到地里，再大的本事也收不回来了。"夜来南风起，小麦覆陇黄。"头顶的太阳火辣辣地烤，脚底的土地蒸腾腾地烫，身上的汗湿了又干，干了又湿，尖锐的麦芒刺得皮肤红肿瘙痒，握镰刀的手心磨出橘红的血泡，这些都不能停下村民收割的脚步。即使稍不留神，镰刀划破脚面浓血直流，也只是抓把干土敷在切口，继续干活。饿了就在地头啃个馒头，咥碗家里送来的裤带面，喝碗咸咸的面汤或者就着地里的井水牛饮几口，转身又下到田里割麦子了。太阳从东边挪到西边，地里的麦子也割完了，满地麦捆横七竖八躺在地里，等待主人将它带回家。村民累得瘫坐在地头，从贴身的口袋摸出压皱的纸烟，两三口吸完，双手撑起疲软的身架，摇摆着站起来，套上架子车，赶在天黑前把割下的麦子拉回麦场，再垒成高挺的麦垛，等着脱壳。家里养了马牛骡的牵出牲畜，拉上笨重的碌碡，摊开麦子反复碾压，旁边的人不时翻动麦秸秆给麦子去壳；有的家里买了拖拉机，拉上碌碡"突突突"飞快地跑动，比用牲畜的人家碾得快很多，更多的村民还是要等村里的电动脱粒机给麦子脱壳。脱粒机是生产队挨家轮流使用的，轮到哪家，不管你白天有多劳累，也不管是正午还是深夜，这家人都要打起精神尽快将麦粒从麦穗中脱粒出来，得到实实在在的粮食。往往白天劳作一整天，晚上又要脱粒，再艰辛都要挺过去。大型脱粒机需多人联手才能正常运转，往往相熟的两三家人互相帮助，共同完成。天擦黑开始脱粒第一家的麦子，第二天天泛白才脱粒完最后一家的麦子，个个熬得嗓子嘶哑眼睛充血，走路东倒西歪，随时都要倒下睡着，可现在还不能休息，新打出的麦子要趁着太阳暴晒，晒干水分才能入囤。即使此时骨头都散了架，还是要把麦子晾晒开来，不时翻搅，直到彻底干透，咬起来"嘎嘣嘎嘣"脆，装袋入仓才算完成夏收。割完麦子的田地还要及时翻耕，用牲畜或拖拉机拉上大犁把下面的新土翻上来，把板结的陈土翻下去，使大锄勾出行列整齐的浅沟，等距离点入玉米种子，薄厚适中，敷上新土，既要保护种子不被晒到，还要有利于种子发芽。等待玉米出苗的时间，村民终于可以休息几日，好好睡睡懒觉，安歇累垮的身体。

闲在家里没有两天，有人就说睡得腰痛，还是下地干活舒服。看看玉米种子有没有被鸡或老鼠吃掉，搬开土块，查看墒情如何，需不需要浇水。淡黄色的玉米嫩芽很快从松软的泥土里探出头来，在太阳的照射下变得嫩绿，有柔弱的小苗被土块压住挺不起身子，村民就用手指将土块轻轻移开，好让小苗快快生长，比小苗更快生长的牛筋草、稗草、狗尾草早已占据了田地，村民慌忙扛来锄头一点点地除掉玉米周围的杂草，同时松动土层让玉米的须根扎入土壤。地要锄三遍，且要在太阳正热的时候，锄断根的杂草才能被晒死。这边草还在疯长，那边钻心虫、玉米蚜、黏虫已爬上玉米苗啃噬，仅有的五六片叶子被啃出了满身的洞。村民只好放下锄头，背起喷雾器喷洒杀虫剂。虫子刚刚被治理，墨绿肥厚的叶子又开始枯黄，原来枯叶病、青枯病、黑穗病等大面积蔓延开来，村民无奈地又一次应对新的状况。

夏日的太阳把地面烤得干裂焦煳，田里的玉米收起宽大的枝叶蜷缩成麻花状，亟须给玉米进行灌溉。村民拿起铁锨清理长满杂草的河渠，堵住老鼠在渠梁上打的洞，将清水引进自己的地头。玉米吸饱了水，枝叶舒展开来，茎秆变得更加粗壮，很快结出了青青的玉米棒，吐出缕缕鹅黄的花丝。主杆的顶端也抽出了伞状的天花，散播花粉，一粒粒的玉米在日夜更替中饱满起来。

秋风乍起早晚微寒，挺拔的玉米褪去轻纱的绿裙，展露成熟的橙黄色，结实的玉米棒子个个粗大饱满，召唤村民采收。收割玉米通常有两种方式，一种是用小锄头把玉米逐行砍到，平铺在地，再掰下玉米棒子；另一种是直接从站立的玉米秆上掰下玉米棒子，再把玉米秆砍倒，两种方式都费时费力，辛苦劳累。白天掰玉米棒子，从田间用架子车运回屋子，晚上还要熬夜剥玉米叶子。八九个玉米棒子捆扎成束，搭在支好的木架上晾晒。枯燥单一的动作要重复上万次、数小时，有时双手还在剥玉米，人已困得睡着了。砍下的秸秆还要扎成一捆一捆的，手脚并用，搬出田里，找空地储存起来晒干，冬天可以用来烧火做饭取暖。腾空的田地要根据墒情的大小选择时间播种小麦，如果时间来得及，就将家里积攒了整年的鸡猪羊牛粪拉到田里，铺上厚厚的底粪，来年的小麦肯定长得好。没有粪的人家也会抛撒定量的肥料，再请种田的老把式散播麦种。麦种必须抛撒得均匀，多大的地撒多少种子，不能少也不能多，要做到种子撒完刚好覆盖整个田地。撒播完毕，马上翻地，把粪肥种子土壤混合在一起。有牲畜的用牲畜，没有牲畜的使人力。青壮年并排站开，用锄头一下一下地翻动土地，最后再用铁耙把土坷垃耙碎，做到上虚下实地面平整，四五个人一天也就可以种一亩多地。以后基本都采用机械化播种机种麦子了，不用再那么辛苦劳作了。待绿油油的麦苗冒出地面，长出叶子，即将度过漫长的冬天，新的循环又开始了。

二、收获欣喜

村子西头的大杨树底下，石碾子周围或蹲或站围满了人。地里的麦苗像新剃的头皮一样冒出青茬的时候，挂在木架上的玉米棒已干了八九分，取几束下来剥成颗粒，用簸箕盛了，端到石碾子前碾碎。村里的石碾子是什么时候有的，很多老人也说不清，就像它的消失一样。听祖辈人讲，有了村子就有了石碾子。记忆里的石碾子非常巨大，厚实的碾盘像一枚硕大的石扣，牢牢扣死在地基里，敞开的扇面上可以站立几十个人；粗笨的碾砣子像吃饱了的蛤蟆，蹲在原地一动不动；为了驯服碾子使碾砣滚动时不从碾盘上掉下来，给碾砣两端凿入凹槽，套上碾架（方木框）；碾架外端的延长木做推碾的手柄或绑套牲畜的杆儿，里端与立在碾盘中心的轴杆连接。三十多年前，家家户户都需要使用碾子加工谷物。天麻麻亮，碾子边就挤满了人。先来的村民将剥好的玉米粒摊薄平铺在碾盘上，拉动碾砣碾压。家里富裕养牲畜的，套上牛马骡驴，吆喝一声，听到号令的牲畜迈开蹄子绕着碾盘转圈圈，绕得久了牲畜偷起懒来，蹄子明显慢了下来，主人发现了，拿起鞭子朝向空中"啪"地甩响，牲畜吃了一惊赶紧加快速度。再转一会，趁主人没主意，抻长脖子将嘴伸向碾盘上的玉米，撇着嘴偷吃起来。主人一把拽过牲畜的头，呵斥几句，掏出厚实的粗布蒙上了牲畜的双眼，看不见的牲畜这才安分起来，老老实实地拉碾砣了。家里没有牲畜的，两三个人合力推动手柄，带动碾砣缓慢滚动。玉米粒在重压及摩擦下，"嘣嘣嘣"作响，外壳脱落内瓤裂开；估摸抽袋烟的工夫，玉米粒已碎如砂砾，拿硬笤帚贴着碾盘面，手腕发力，将混着皮壳的碎玉米扫进簸箕，再倒入筛子两手握紧左右摇晃，沉甸的颗粒从筛眼纷纷落下，轻飘的皮壳仍留在筛子里。皮壳用来喂养牲畜，碾好的玉米碴子盛回屋。勤劳的主妇早已烧好了水，新鲜的玉米碴子"哗"地倒进煮沸的开水，如粒粒金子般沉淀在水底，马上用筷子搅拌均匀，柴火慢烧。不一会，蒸腾的水汽带着玉米的清香弥漫开来，甜甜的味道钻进鼻子，沁入肺腑。待锅底的柴火燃尽，黄灿灿的玉米糁子就可以盛到碗里，热乎乎地喝一口新鲜的玉米糁子，慰劳村民饥饿的肠胃，喝完一碗、再舀一碗、端出门去，蹲在石碾子周围和还在等待碾子的人吹嘘自家的玉米有多么好，谝谝今年的收成比去年多收了多少，顺带说说东家的长、西家的短。

新麦入仓的时候，村民总要留几斗麦子磨成面粉尝尝今年的麦子口味如何。磨面前要把麦子淘洗三遍，去除杂物。屋里的女人备好敞口大盆，从院中的压力井里抽出清水，倒多半盆水，加少许麦粒进去，以不溢出盆沿为好，翻动麦粒开始淘洗；直到将里面的尘土、碎石、瘪籽清洗干净，重新晾晒干透才能上石磨。石碾子是村子的公共财产，大家都可以使用，但石磨只有富裕的人家才有，要想用石磨就得借。借的方式是以劳代劳，用了谁家的石磨要无偿帮这家人做相应的体力活来抵消，约定俗成，有借有还。石磨由上下两扇尺寸相同的磨盘（直径约为一米左右，厚度三十厘米左右）构成。两扇磨盘正中有凹凸相对的短木轴（磨脐子），以保证上扇磨盘转动时不会移位。两扇磨的接触面上錾有排列整齐、顺序相反的磨齿，用来捣碎粮食，磨齿从内到外由粗变细。上扇磨盘上有两个圆洞，叫"磨眼"。磨盘上的粮食从磨眼漏到两扇磨盘之间，随着上扇磨盘的转动，粮食便被碾碎。为了调节粮食下漏的速度，还要在磨眼中插上类似两个筷子的细棒，叫"磨筹"。推磨子主要靠人力，一般是男人干的活。磨一口袋麦子要沿着磨道回环往复地走上千遍，脚下可以踩出凹陷的磨道。麦子顺着磨眼滑入磨盘，挤进磨齿间的缝隙，发出"沙沙沙"的摩擦声，面粉便从预留的接口里"噗噗"地落出。抄起细筛子把面粉筛选下来，没有磨碎的麦碴再次倒入磨眼细磨。一袋麦子约有七成可以磨成面粉，还有三成是麸子。分别用口袋装了，背回家去。家里的主妇用搪瓷盆子盛半盆的面粉，一手拿筷子搅动面粉，一手用瓢少量地加水，直到面粉变成黏糊状，加入葱花鸡蛋，再次搅拌均匀，搁置在案板上准备做煎饼；妇人回过身来点燃锅底的柴火，看着铁锅烧得暗暗发红，用包好的油布团蘸点菜油，以锅底为圆心快速涂抹一遍，炙热的锅底"呼"地腾起轻烟，可以烙饼了。妇人抄起大勺子，舀出盆里的面浆，顺着锅底泼洒出椭圆形薄薄的一层面水，面水在火的煎烤下快速成型，麦香葱香和着蛋香扑鼻而来，正在用麸子喂牲畜的男人肚子"咕咕咕"地响了，被灶房的妇人听到了，娇嗔地骂了一句"看把你馋滴"，手上越发加快了动作；手指尖捏住煎饼的边缘，提起来一抖，煎饼在空中翻了个面，安稳地落在锅底"吱吱"欢叫。男人围了过来，剥几瓣白生生的蒜捣碎了，再撒上自家炮制的辣椒粉，烧一勺冒火的菜油泼在辣椒和蒜泥上，喷香的蘸料冲鼻而来，就等煎饼出锅了。妇人的煎饼刚出锅，男人顾不得烫手一把抓起，蘸上蒜泥辣椒就要吞咽，在外边玩耍的小孩也被煎饼的香味吸引回来了，男人停顿了一下，把嘴的煎饼给了孩子先吃。煎饼在妇人的手下越煎越多，层层堆积起来，男人这才放开吃了起来，浓郁的麦香填充了男人瘦弱的胃，供养了男人壮实的身体，抚慰了男人劳损的骨头；妇人看着男人孩子吃得满嘴油沫，肚子滚圆，露出了欣喜的笑容。

后来村里有了电磨子，石碾子石磨如老去的村民，见着见着就没了。

三、编织芦席

田地的边上有几处深陷的土壕，雨水多的时日，涝洼处的水顺着地面流淌进来，滋生出茂密的芦苇。芦苇如没人管的野孩子疯狂地生长起来，郁郁葱葱如旷野里的一片森林。有胆大的小孩三五成群钻进密密麻麻的芦苇丛掏鸟蛋，一窝窝长满灰色斑纹如小土豆般的麻雀蛋，安稳地躺在鸟儿用枝叶精心建造的窝里；只要拉低高高的芦苇枝，就可以伸手取出。两个手指轻轻一弹，薄薄的蛋壳裂开细微的缝隙，清凉的蛋液滑滑地流出，仰起小嘴接住，喉咙上下伸缩就入了肚子，那感觉就是人间美味。喜爱这美味的还有草蛇，如果不小心碰到一条蛇，有人哇地大叫一声，大伙跟着惊叫起来，连滚带爬逃出芦苇丛，生怕跑慢了被蛇咬一口。大人们可没有这心情，他们关心的是芦苇的叶子和茎秆。五月端午，芦苇的叶子长得浓绿肥厚，折下来包粽子，会散发淡淡的清香，带有田野的气息。深秋季节芦苇的茎秆已经成熟，村子组织村民收割芦苇，按照人口的多少均等分配，村民用肩扛车拉搬回自己的那一份，待农闲时编织席子。

长如竹竿的芦苇先要靠墙摊开进行晾晒，待外层包裹的苇皮干裂炸开，内层的苇秆光亮通透，翻晒时"哗哗"有声，凭多年的经验村民就知道芦苇已经干透，抻开胳膊一搂，将它们放倒在地，聚拢捆扎，放置在干燥通风处。顺手拽出低矮的板凳，身前散开一捆芦苇，左手向着怀里握住一根芦苇，右手向外反方向扭动苇秆，苇皮如蛇蜕皮般从主秆脱落，光溜溜的苇秆黄里透白像细长的莲藕般可爱。剥干净的苇秆并排平躺在地上，以粗大的根部为准对齐，村民只需用眼睛扫视一遍，无论高矮粗细的苇秆在他心中都做好了安排。坚硬的苇秆用来编席还要做一次华丽的转变，由苇秆变成宽宽窄窄的篾条。篾条的形状主要由篾刀来主宰，篾刀如截取的半节竹筒，约二三十厘米长，坚木材质；两头呈莲花状，有三瓣、四瓣、五瓣的，凹进的花心刺出尖锐的篾头，篾身刻有光滑的槽渠；村民根据苇秆的大小采用不同的瓣头，劈出同样规格的篾条。劈篾条要做到心手合一，右手持稳篾刀、左手发力对准篾头推进苇秆，尖锐的篾头恰好顶入中空的苇秆，在力的作用下苇秆发出"咔咔咔"欢叫的响声，劈开的篾条顺着篾身的槽渠"哗哗哗"地迸出，三根、四根或五根篾条在空中跳跃、碰撞，惊扰了满院的日光。坚硬直挺的苇秆被劈成宽窄一致的篾条，堆在墙角展示纤细的身材。村民用手指捏一捏又干又脆的篾条，取下挂在墙上的木瓢，在水缸里舀满了水，就着水瓢的外沿喝了几口沁凉的井水润润喉咙，歇息一下；

再张大嘴巴口腔里吸足了水，鼓起腮帮腰腹发力"嘭"地喷射出来，迸溅的水珠霎时扩散开来雨雾般弥漫濡湿篾条。几瓢水撒完，篾条吸收了水分，变得安然娴静。村民靠住墙歇息片刻，让水充分浸透篾条，随手掏出身上的烟袋，装满烟叶贪婪地吮吸，团团烟雾从嘴里鼻子里喷出，似乎能将身体里积攒的疲劳随着烟叶燃烧干净。抽完烟，村民从身旁推出笨重的石头碌碡，将浸润好的篾条平铺摆放在宽阔处，身子前倾、双手贴住粗糙的碌碡面，双脚后蹬，腰腿发力，推动碌碡。碌碡懒汉般晃动下身子，又停住了，村民不得不使出全部的力气"嗨！"地喊出声来，碌碡这才不情愿地滚动了。刚刚还安静的篾条在碾压下发出"嘎嘣嘎嘣"的嘈杂声，坚硬的骨节开始变得服帖，响声也渐渐变小。碌碡迈着懒散的步子从这边滚到那边，再从那边滚到这边，等地上的篾条发出"沙沙沙"的暗哑声时，篾条差不多被碾"熟"了；抽出几根篾条攥住底端，猛地向空中甩去，篾条像皮鞭一样柔软无骨而又韧性十足地发出"啪啪啪"的脆响，村民满意地笑了笑，可以编织席子了。

编席要选在开阔平整的场地，用笤帚仔细地扫干净地面，挑选又长又宽的上好篾条，先纵向铺好经篾，再挑二压二从席子的中心对角线开始依次横向编织，到两边时递减为直角三角形；这边一半编好后再用同样的方法，编织另外一半，最后收角。平生和土地打交道的村民虽然不懂如何弹奏钢琴，可他们编织席子时十个手指熟练地上下勾挑、左右按压、横穿竖梭、伴着篾条跳动发出"哗哗啦啦"的声音，分明是在弹奏一首简洁明快的劳动乐曲，听得人心醉。席子在村民的身下由最初的馍块般大小到手帕般再到旗帜般，越长越大，恍惚间黄里透白的席子如飘动的浮云，托起村民，徜徉在美好的向往中。

席子按照预设好的尺寸编织到位，最后再收角。收角关系到席子的卖相好坏，必须使用专有工具"折刀"。折刀如弯曲的Z字形、瘦窄狭长，宽约3厘米、长约18厘米，刻有沟槽。收角时用尺杆压紧席子，拿折刀均匀发力，向内折，回边角，再压茬，一一对应纹路编织。如此反复，直到每一个篾条都完整地编进席子，楞沿分明，边角周正的席子就直挺地立在面前了。

第二天一大早，村民将层层卷好的席子，用架子车或者加重自行车拉上，走村串乡叫卖。这家买了铺炕，那家买来晾晒，成卷的席子到晌午就卖完了。树荫下算算账，竟赚了几十元钱，原来在上个村子卖席时有人误把一百元当成十元的给了卖家，一百元相当于这家人全月的开销，可不是小数目。村民顾不得火辣辣的太阳晒得人头晕，硬是跑了四十多里路，把钱退回买家。买家感动地要留村民吃饭，村民推说地里还有活要赶着做，忍着咕咕叫的肚子，走几十里路回家了。

随着机械化大生产，南方新颖工艺品的冲击，这项传统的民间编织手艺逐渐冷落、沉寂，归于落寞。

四、南仁小学

小学在村子的东头，低矮的砖墙松松垮垮围出四方的大院子，正对着村口的墙面开有两扇大铁门，两边的侧墙上写有"好好学习，天天向上。"八个鲜红大字。大铁门里还套着一个小铁门，上学放学的时候大门敞开，其他时间只开小门。进入铁门，用青砖铺成的学校主干道直通升旗台，修剪整齐的冬青树相随在两旁。沿主干道右转，各有两排人字形结构的砖瓦教室，共八间；主道的尽头趴着间平房，房檐底吊着个铁铃铛，敲起来"铛铛铛"地响；别看它个头小，但作用大，上课、做操、放学，全校的师生都要听它的；这间平房也就充当了广播室会议室兼校长办公室的功能；主道左边是光秃秃的操场，学生的室外活动大都在这块地面上，晴天尘土飞扬，雨天烂泥成片。教室不大，可以容纳三十多名学生，用的桌椅大多缺胳膊少腿，修修补补或用砖块垫起，常常在上课时突然断裂，倒霉的那位前仰后翻，惹得大家一阵大笑。教室的窗户是木楞格子的，镶嵌有玻璃，可以看到外面蓝色的天空；讲台用砖块竖起，垒成平面，放置有单薄的讲桌和硬邦邦的椅子；内墙用稀泥和着白灰涂抹厚厚的一层，正对讲台的墙面用长铁钉挂着块木板，刷几遍黑油漆就是讲板。每天早上，全村的小孩三三两两走进村小开始读书。有不情愿来学校的，被大人拧着耳朵拽到学校，哭的鼻涕眼泪直流，可到了学校就不哭了，乖乖地拿出书本念书了。上课的内容大多记不清了，唯有五年级时王老师的语文课至今清晰记得。有天早上交完作业本，坐得端端正正等着上课。王老师踏着铃声走进教室，认真检查了放在讲台的作业，突然叫了我的名字，让我在黑板写上发展的

'展'字。我像被人点中穴位一样，从板凳上弹起来走向讲台，捏住半截粉笔信心满满地写下一个大大的展字，站在讲台旁等待老师的表扬。王老师转头问我写得对不对，我看了看写的字回答说对啊！王老师再次问了我对不对，我的心里犯起了嘀咕，认认真真地看了看写的字觉得没有错，低声回答道对的。王老师将自己肥大的屁股从椅子上抬了抬又落下来，稍稍扭动下身体，椅子散架般发出"嘎吱嘎吱"的叫声，像马蜂的刺扎入我的脑袋。王老师叫我到教室角落的扫帚上抽出根竹棍来，我木偶般拿了根拇指粗的竹棍。王老师握住竹棍好似握住了鼓槌，而我的脑袋就是鼓面。王老师如熟稔乐谱的演奏家，挥动鼓槌用力且有节奏地在我的脑袋上敲击他激昂的乐曲"梆梆梆、梆梆、梆、梆梆梆梆"……我感到自己的头上有无数的气泡在爆裂，钻心的疼痛从头到脚传遍全身，眼泪忍不住流淌起来，眼前的一切都变得模糊起来，只有一下一下的敲击声充斥了整个教室。我木桩般站在原地，只祈求这段激昂的乐曲尽快平息。也许是打累了，头上的竹棍终于停歇下来，严厉的呵斥声紧随而来。"你的'展'字下面多写了一撇，你自己不知道吗？我今天教训你一顿就是要让你记住这个字的写法。"我抬头看了看自己因为连笔多出的那一撇，变成巨大的邮戳恨恨地戳在我稚嫩的脸上，成为永远也抹不掉的印记。放学后，摸着头上起伏如山峦般的肿包，独自躲到学校外边的小树林，放声痛哭。

以后，村小学渐渐败落下来，先是村里的小孩越来越少，好多随父母迁到打工的城市读书。即使不能迁走的，付出高昂的学费也要把孩子送往附近的厂矿子弟学校读书。留下来的小孩越来越少，甚至出现老师比学生多的情况。根据国家教育政策的调整，邻近几个村子只保留一所中心小学，南仁村小学似乎走向了终点。村小学的老师大都是来自各个村子的村民，大学生很少来乡村小学教书，随着村小学的命运转变，他们也大多到了退休的年龄。我的母亲就是一名乡村教师，十八岁开始任民办教师，从生产队记工分到领十几元工资，历经改革开放大潮的冲击，始终坚守在自己的岗位上。由于只有初小文化，加上繁重的农活分散精力，母亲努力过好多次考取公办教师，都没有成功。做同样的工作，但只能领取公办教师三分之一的工资。在即将退休的年龄，国家给予教龄达三十年的民办教师无条件转正，母亲才得以公办教师的身份退休。诸如母亲这种情况的有好多人，能以民办教师的身份坚持三十年的极少，当初微薄的工资远远不能养家糊口，所以多数中途就离职了，他们不能领取国家的退休工资，只有部分的补助，公办教师的身份算是对母亲坚守多年的回馈。

近日又一次回到村子，破败荒芜的校园已焕然一新，砖瓦木头建造的旧教室已被钢筋水泥的新教室所替代，颜色亮丽的外表和崭新的桌椅显得活力十足，教室里还安装了多媒体设备。新招来的年轻老师正带领小孩子在做游戏，欢声笑语充满校园的整个空间，村小学已被升级改造为村级幼儿园，南仁村的下一代人在悉心呵护中快乐成长。

五、南仁印记

《兴平县志》载："南仁堡始建于明代，以忠孝仁爱之意取名仁堡，因与北仁堡对应，地处南面，而称之为南仁堡。"新中国成立前，村东有娘娘庙、菩萨庙，村西有药王庙，村西南有占地五亩的南邦寺，在1929年，关中年馑时被拆毁。庙内石碑记载着南仁堡最早有鲁、胡、王姓人家在村中居住，到新中国成立前鲁姓已绝迹。南仁村在新中国成立后（作者推测可能至此不再叫'堡'）归潘冉乡管辖，"文革"期间归七里庙人民公社管辖，"文革"后期归属于冉庄乡公社。1996年设立冉庄乡，南仁村是冉庄乡辖区内一个自然村，2001年11月冉庄乡撤乡建办，南仁村归西城街道办事处管辖。村址位于兴平西城街道办事处驻地西南3公里处，东连冉庄村、西接郭村、南临花王村、北与408厂毗邻，辖7个村民小组、486户、2108人，以王姓为主；耕地1348亩（新中国成立初期有土地2000亩，后被408厂建厂占用）属典型的农业村，农历三月二十二为村子古庙会日。

我的记忆中，村子并没有出过什么大人物，都是面朝黄土背朝天的村民，偶有做到县一级的官员，已被认为是天大的官。据说明朝时村里出了一位朝廷官员叫王社骧，官至"九门提督"是明清时期的驻京武官，正式官衔为"提督九门步军巡捕五营统领"，主要负责北京内城九座城门内外的守卫和门禁，相当于卫戍区司令，为明朝皇室禁军的统领，品秩为"从一品"。王社骧死后，他的家人请来当地富有名气的风水先生看穴位，选址在村外东南1800米处。因为这里地势平坦，可以头枕北莽山、脚踩渭河水；陵园内有六个墓冢和墓碑，中间高约三米的墓碑上隐约可见"大明九门提督王社瓖之墓"字样。墓地生长着数十棵粗壮的翠柏，整齐排列着六对石雕骏马、羊、狮等，造型粗犷、风格古朴俗称"石马坟"。民国年间修陇海铁路时，王社瓖墓葬许多宝物被盗，石马坟遭到严重损坏。中华人民共和国成立后，高大翠绿的古柏树被伐，碑碣石羊被砸，唯有两对笨重高大的石马石狮被埋地下，得以保留。传说这石马是根据霍去病攻打匈奴时带回的优良战马仿真雕刻而成的。我试图在史料中找到关于这位官员只言片语的记载，始终不得，却意外发现辛亥革命的先驱和杰出领导人井勿幕与南仁村的一段渊源。

在《陕西文史资料选辑》（第二辑），由"中华民国"陆军上将张钫撰写的《关于陕西靖国军的回忆（节录）》中看到，陕西靖国军总指挥井勿幕在兴平县南仁堡被郭坚部下杀害的记录。井勿幕（1888—1918），原名井泉、字文渊、笔名侠魔，陕西省蒲城县广阳镇井家塬村（今属铜川市印台区）人，陕西辛亥革命先驱和杰出领导人之一，被孙中山誉为革命的"后起之秀""西北革命巨柱"。早在1908年，井勿幕就在日本东京创办的《夏声》杂志第三号上以"侠魔"为笔名，发表了题为《二十世纪新思潮》一文，这是迄今为止发现的中国最早介绍马克思主义的文章。1911年4月27日广州起义失败后，井勿幕于5月间回陕。1918年11月，井勿幕赴三原就任陕西靖国军总指挥。1918年10月，云南靖国军第八军军长叶荃率部援陕，到达第一路军郭坚驻防的凤翔县。11月中旬，井勿幕一行前往凤翔慰劳叶部。某日，在第一路司令郭坚的宴席上，勿幕指责郭部纪律不佳，令郭坚怀恨在心。当井勿幕返回三原途经兴平时，忽然接到郭坚来信，约井勿幕于21日赴兴平南仁堡参加军事会议。井勿幕明知赴会有险，但他认为"只要对革命有好处，我是不怕牺牲的"。并如期赴约。他只带护兵四人，自己坐轿车前往南仁堡，到了堡外，问门卫："郭司令来了吗？"答："没有。"李栋才即迎勿幕进堡。约上午10时，郭坚的差弁李新生、任申娃、张昉等数十骑自北门进堡，扬言："郭司令来了。"勿幕出迎，不见郭，即折回。才进营部，李新生突然自背后连发两枪，勿幕倒地殒命。李栋才见井中弹倒地，立即割下井的首级，带到西安向陈树藩表忠心。抗战胜利后，蒋介石想起了这位已历27载旷野荒城、未封正冢的井勿幕先贤，经国民党中央常委会决议，由国民党党史委员会立传，并由国民政府明令褒奖；同时决定择址长安南郊风光秀丽的少陵原清凉寺旁购地12亩，重建陵园。蒋介石为其墓题写了"追赠陆军上将井勿幕先生之墓"的巨型石牌坊。1945年井勿幕忌日这天，时任南京政府监察院长的于右任来陕主持了井勿幕迁葬事宜，其墓在"文革"期间曾遭彻底毁坏。1981年纪念辛亥革命70周年前夕，井勿幕陵园得以重修。

旧时的石马杳无踪迹，昔日的英雄安息大地。我更多记忆的是为了生活而忙碌奔波的村民，他们有的将自己的一生给了这片小小的土地，赢得一方矮矮的坟茔；有的为了改变农民的身份做出万般努力，抱紧疲惫的身体独自哀叹；有的冲破种种束缚走向外面的世界，闯出自我的天地。二十世纪八十年代，改革开放的大潮裹挟着村民不再以种植玉米小麦为主，尝试更多样的蔬菜瓜果种植方式，取得更好的经济收入；有的村民及时迎接市场大潮，开办村级加工厂；有的村民被南下的思潮吸引，挤向沿海城市打工；有的通过读书考取了名牌的大学，读到硕士博士，甚至出国留学……如今，走在西安街头，走在北上广深，走在世界各地，迎面走来的人，你不认识他，他也不认识你，但有可能他就是你的村里人。

大浪淘沙，适者生存。改革开放初期红红火火的村办工厂因经营理念和设备的落后纷纷倒闭，刚刚在工厂获得工作机会的村民立即失去了岗位，而首批敢于南下的村民带回了大量财富，让人眼红。在这种示范效应下，更多的村民涌向南方，进行另一种更辛苦的劳作，他们的名字被称为"农民工"。村子的青壮劳力几乎全部出走，只留下老幼病残孕等少数的村民，土地荒芜、农事凋敝，建村三百多年的南仁村近乎成为"空心村"。近年来，随着美丽乡村建设的提出，在政府的统一规划下，村子拆掉了老旧的街道，拓宽为双向四车道加两条辅道的西宝公路主干线槐里大道段，以前泥泞的土路全部被宽敞的水泥路覆盖，道路两边布满了现代化的工厂，南下打工的村民再次回流，实现在家门口就可以上班的奢望，多余的土地流转出去成为现代农业种植基地，集中化专业管理。村里的饭店、超市、医疗室一应俱全，村民广场设有免费的健身器材，到了晚上，巨大的电子屏

幕播放着时尚乐曲，众多村民跳起热闹的广场舞，放松身心；周末还可以开上自己的小汽车，带上家人去省城西安逛一逛；南仁村重新焕发出她应有的模样。

后 记

发动机的轰鸣声在我的耳边响起，坐在机舱里，我再一次挥手告别这个熟悉而又陌生的村子。那里有太多的往事，有我的童年少年青年，有我耕作过的土地，有我收获时的喜悦，有我不肯住进城市的老迈母亲，还有我去世多年父亲的坟墓……小时候，望着从头顶飞过的飞机，常常会想象都是些什么样的人坐在里面，梦想有一天自己也能走向外面的世界。此刻我就是其中的一员，十八岁出门远行，兜兜转转寄居两千公里外的南方，却对这个村子有了些许依恋。飞机开始爬升，从舷窗望出去，南仁村如积木般零散地堆积在广阔的平原上，显得愈来愈矮小；再高些，更多如南仁村这样的村子密实地铺在渭北平原上，构建成硕大的生活版图。渭河水温柔地流淌，弯弯曲曲环抱着片片村庄，脐带般滋养着这片土地上的人们。远处高大的乾陵平地凸起，如昂起的头颅；近处矗立的茂陵苍翠雄伟，似千年的丰碑。飞机继续爬升，越过十三朝故都长安城上空，迎来横亘南北的秦岭山脉，她青葱的身影历经沧海桑田愈加巍峨壮丽。

2019 年 12 月 27 日，"幸福鸽文学艺术网"；2020 年 6 月 29 日，"黄河文创"

2021 年 1 月 9 日 "更长安"

架子车

记忆深处，满载的架子车吱吱哑哑，蜗行在泥泞的田间小道。套在辕里的人，攥紧车把，脚蹬滑腻的地皮，凸起的肩膀，绷直粗壮的攀绳，整个身子扑向地面，费力地拉动车轮。

种庄稼的人离不开架子车。立春，北方的大地仍未解冻，麦苗尚未起身，正是追肥的好时节。农人扶起依着墙壁的车厢，凸起的卡口对准车轴，嗒地嵌进两端，搭手摸摸轮子气压的饥饱，充到手指敲起来嘣嘣响，再给车厢使上堵头，将积攒了整冬的粪土装入，勒住攀绳，两手把辕，弯腰弓背，全身发力，拽动沉重的车子，走上坑洼的土路，磕磕绊绊拉到地头。取掉堵头，扬起车辕，成堆的粪土哗地滑进田里；抄起铁锹，铲满了，鼓劲抛撒出去，渔网般罩住丛丛清绿的麦苗。回屋时，可不能空着，浪费脚力。拾起车辕，趔进身边的土壕，揪满一厢的干土，还要箍出三角顶，拍瓷实了，咿呀咿呀地拉回去，垫猪圈、羊圈、茅厕。

芒种，麦子金黄。农人用镰刀割下麦子，拦腰打成捆，平躺放在田里。黄昏时候，架子车滚动车轮来到麦捆旁，如领回归家的孩子般捡起沉甸甸的麦束，塞满车厢，再一左一右将麦穗朝里、麦根朝外平铺在车栳，捆捆叠加，直到麦垛像驼峰般高高竖起。从车尾拉出两根长绳，嗖地甩到车前，人吊在绳子上使劲拽，待拇指粗的绳子深深勒进麦秆，和车子结实地捆绑在一起，最后掏出压在箱底的攀绳，挂住肩膀，胳膊撑住车身，用力拉起车子。也有人在辕的侧边拴条绳，供小孩助力。大路小路上，只见一座座小山在移动，人被掩在麦山里，赶往麦场。待脱粒、晒干、装进麻袋，大袋小袋堆满架子车，欢快地运回屋子，倒入粮囤储藏。来不及停歇，车厢里已摆放了铁耙、锄头、肥料、种子，返回田地，趁着墒情种下玉米。守护出苗的日子，难得有点空闲。农人舒展下累弯的身子，尝口新麦的嚼劲，填饱饥饿的肚子。收拾散架的车子，修补压垮的厢板，润滑干裂的轴承，更换磨破的轮胎，重新上路。间苗，施肥，浇水，除草，架子车跟随农人的脚步从屋子到地头，从田间到院子，老伙伴般日夜相随。

秋分，早晚转凉，玉米成熟。太阳甫一闪面，农人早已背起齐人高的竹篓，穿梭于行行玉米间，掰下饱满的棒子，往身后轻撂，噗地落进深底的篓子，抽根烟的功夫篓里就满了。钻出枝枝干干的玉米林，背篓的敞口对准地头架子车的车厢，弯腰，哗地满篓的玉米棒涌往车巢，几篓就溢出车梆了。沿车厢边直立几排玉米棒，箍个圆圈，把玉米棒子倒过来，尖朝下、根朝上，糖葫芦般插满车身，上面再架三五袋用蛇皮袋装的玉米棒，粗绳拴牢，拉回屋子。没了果实的玉米秆旗杆般站立田野，被农人齐根砍断，扎捆，抱上架子车，拉向地头成团立起来，风干当柴火烧；嫩绿些的被拉回屋子，截成一小段一小段的喂牛羊，懒惰的人直接从架子车扯下整捆的玉米秆，撂到牛圈羊圈，任牛羊随意啃嚼。腾空的田地里，架子车如约而来，还有锄头、化肥、种子，开始播种又一轮的麦子。

立冬，农闲的季节，是建新屋子的日子。架子车再次来回在土壤和庄基地间移动，填平了坑洼、垫高了地面，拉砖块、砂石、水泥、椽木，拉起整栋崭新的屋子。拉来柜子、桌子、板凳，拉来棉被、碗筷、粮食，拉来电视机、洗衣机、缝纫机，拉来新媳妇。耗尽体力的农人将光秃破损的车子立起，靠墙放着；瘦弱绵软的身子倏地塌在车旁，抽出烟枪，压满烟叶，狠狠地深吸几口；待烟雾贯通肺腑，呼地吐出，人隐匿在浓浓的烟雾中，和架子车融为一体，远远望去，像张风干的牛皮楔进墙里。

2021 年 2 月 1 日《西安日报》

镰刀的心事

院子里的门吱地开了，落在椿树上的杜鹃警觉地转了下头，抻开羽毛飞走了。太阳直立在半空，烘烤着发烫的地面。门框里的人，挪出身子，移到外面，对着挺立的蒿草撒了几滴腥膻的尿，紧走几步回屋了。挂在门后木架上的镰把晃了晃干裂的木柄，想引起主人的注意，可它的主人瞄都没有瞄它一眼，走远了。

芒种已过，麦子泛黄。往年的这个时候，主人早早就取下镰刀，搁置在门楣缝隙，用塑料纸包裹紧紧的镰刀，重逢老友一般端详许久。看看刀刃的曲直程度，打量刀口的缺损大小，从案板底拽出灰蒙蒙的磨刀石，浇少许的水，上下左右、前后正反开始打磨刀刃。沉寂数月的刀锋在嘶嘶的摩擦声中苏醒，铁锈消融，寒光吐露，亮闪闪如披上银色的战袍。主人随手捏住小撮的头发，拿起刀刃一划，噌地齐茬断掉了，满意的心情就荡漾在主人的脸上。紧接着用手撩几捧水，冲掉刀面黏附的铁砂、磨石上的尘泥，再握紧刀背、压贴刀刃，咬住磨石、来回滑动，直至沙沙作响，刀过无痕，主人喊了声"好！"拿起磨好的刀片，伸出大拇指试了试它的锐利，抬手就放在脸上，滋滋地刮起了下巴粗硬的胡须。有时还会喊来小主人，按在板凳上，割草般刮出清白的头皮，尽管小主人低声哭啼，鼻涕滴答，可就是一动也不敢动，乖乖地剃光了头，顶着个葫芦瓢出门玩去了。主人摘下挂着的镰架，弹弹落在上面的灰尘，对准安放刀片的入口，斜插平推，刀刃和镰架合二为一，一切就绪，随时准备踏进麦田。

太阳像块刚出炉的烙铁，溅出无数的火星，空气被灼得焦煳。成片的麦子站立在热浪中，金灿灿平坦地铺开，静默地积蓄成熟的能量。握在主人手中的镰刀，瞥了眼密集的麦秆，腾地扎进麦海里。搂住满怀坚硬的麦秆，从根部切入，稍向上倾斜发力，嚓地齐根割断；再抢前半步，勾住成捆脆响的麦束，贴着地面，平直发力，唰地放到大片。镰刀上下翻跃、左右开弓、前后飞舞，成群的麦秆拥堵而上，撒欢的镰刀步步紧逼。强烈的阳光下，它的温度急剧飙升；剧烈的切割中，它的筋骨咯嘣作响，它幻化为威武的战马，踏入敌军的阵营。它是骁勇善战的霍去病，开辟丝绸之路，终封狼居胥；它是奇袭敌军的辛弃疾，旨在恢复失地，却壮志未酬；"虽千万人，吾往矣。"麦丛里似传来倔强的呐喊。迷离间，镰刀发力过猛，砍到主人的脚板，浓稠的血汨地涌出来，漫向整个脚面，洇红了明黄的土地。主人随手抓把地里的干土，捏细了，噗地撒在切口上，抡开臂膀接着干活。主人的身后，箭镞般的麦秆齐刷刷躺倒田地，与生长的土地再次深情相依。地的尽头，小主人提了大罐的绿豆汤等候多时了。主人先给镰刀淋了淋水，放在阴凉处，才接过罐子，牛饮起来。小主人可不闲着，学大人的模样拿起镰刀，给家里的猪羊割田间的茅草。主人远远地瞅着他笨拙的样子，露出了笑意。

闷热的午后，主人不停地喝水，试图排遣体内的积郁。刚刚镰柄的晃动他其实看到了，震得他心里咯噔一下。这几天正是收麦子的好天气，种了大半辈子的庄稼，田地里的变化他最清楚了，闻闻空气中的麦香就知道熟到几成了。可现在工厂越来越多，庄稼越来越少，况且早就不用人工收割了。儿子出外打工好多年了，他说外边有比种庄稼更能赚钱的事。前天从微信里转了九百块钱给他，让他叫台联合收割机收麦子，还再三叮嘱不要再下种了。过些时候，接他到城里去住。城里，城里有麦子收吗？他自言自语地问。

镰架兀自晃悠着，不解地想着心事，偶尔抬眼望望屋内。主人佝偻着腰，消瘦的身体弯成大大的问号，低头盯着地面，长时间地思考着什么。炙热的风夹杂着机器的嗡嘤和收割机的轰鸣飘了过来。

回　家

一

"走，咱们回家咧！"父亲手里拎着用四块玻璃片罩着的风灯，在点着了三炷线香，两根红烛，一叠纸钱；作揖，磕头，起身，再作揖后，对着眼前荒草缠绕的土堆，张嘴说了句。话音还未落地，就被风吹远了。

九块砖头几字形垒积的祭龛，线香生出丝缕的青烟，从砖块的缝隙中溢出，四散；红烛闪动微弱的火苗，一跳一跳，舔舐粗硬的砖面；麻纸呼啦燃烧着，焦躁的灰烬飘起又落下，带着火星乱撞。每年的除夕，近黄昏的时候，父亲总是叫齐我们兄弟俩，拎上风灯，带上母亲准备好的香火，到村外的田地里请"先人"回家。

平日冷清的田间小道多了无数的脚印，大小不一，深浅有别，村人三五成群走向认定的一个土堆，焚香、点蜡、烧纸、磕头，再走向另一个认定的土堆。横竖平直的田垄线条粗壮，土疙瘩刨出道道边界来，隔开瘦长狭窄的片片土地，这田便有了特定的主人。冬日的麦苗稀疏地钻出板结的地面，支棱着苍绿的枝叶，戳向天空；踩在上面，脚下就有了咯吱的声响，和着衣服里跳动的心。

这些凸起的土堆就是坟墓。自我记事起就被父亲用手拽着，翻过壕沟，跨过水渠，爬上坡坎，来到一个个杂草枯黄的坟前，虔诚地祭拜。那时我心里塞满了疑问，为什么父亲要对着个土包又跪又拜，难道是因为它凸起在田里吗？看着父亲膝盖顶着地面，腰向前深弯，不做声地移动身子，我就不敢问了，紧跟在后边，模仿着同样的动作，我想父亲一定知道有关坟的所有秘密。

有的坟好像很久很久就存在了，记忆中它年年都要瘦小一些，小到和地里的土疙瘩混为一起，被新出的麦苗覆盖；有的坟刚刚培好，圆嘟嘟的，饱满肥大，占有好大块地，将原本狭长的田地打了个缩结，晃眼地凸起。

麦子黄过几次后，新培的坟也就成为老坟了，见天地矮小。讲究的人家请来工匠，用青砖、蓝瓦、石灰围着坟基层层密实地把坟箍起来，修建飞檐翘角的风雨亭，竖起高大厚重的墓碑，请先生撰写详尽的碑文，刀刻斧凿铭文记述；周边再植松柏相守，庄重素净，颇有几分塬上王侯巨陵般高耸的模样。

父亲领我拜祭的坟没有亭子，也没有石碑，更不见碑文，就是一堆土或一块平地。"这是你老爷的坟，这是你二爷的坟，这是……"父亲拉家常般对我们说。我这才知道，这个土堆或这块地下埋着某个与我们有关的人，他们长什么模样，是高还是矮、是俊还是丑，我一概不知，兴许父亲的模样就是他们的模样，他们常年躺在地下，到了过年的时候，父亲会请他们回家团聚。

风灯的灯芯忽闪明灭，照亮巴掌大的地面，走过的脚印就清晰起来，听说"先人们"跟着后辈的步子就回家了。

二

"回家咧！"村人热乎地问候着，父亲赶紧掏出兜里的"兰州"烟，一根一根地散给围过来的乡亲。

父亲开着一辆消防车回到了村子。红彤彤的车身映亮了村子里的街道、房屋、树木，还有人的脸。人们用手挨了挨光滑的车板，哑吧着嘴说不出话来，身子直往后缩，生怕摸坏了

东西，惹上事来。小孩子们可不管这些，这边蹭蹭，那边摸摸，可把我忙坏了，顾不得和父亲说话，车前车后来回地跑，赶走要接近车子的小孩。

20 世纪 60 年代，据父亲讲，家里很穷，他起早贪黑地干活，却常常吃不饱肚子，农村人没有什么门路，能去当兵就是最好的出息。那年，十八岁的父亲幸运地成为千里之外甘肃兰州城里的一名消防兵。"出去咧！就不要回来受罪咧！"这是父亲走出村子时听到的最多的话。

记不清父亲是出差路过村子，还是用心安排绕道而来，反正父亲开着当时最新的一辆红彤彤的消防车扎眼地出现在村里了。全村的小孩子兔子般疯狂地追着车屁股跑，嗷嗷地喊叫；躺着晒太阳的大黄狗、四处觅食的老母鸡、啃了满嘴泥的小猪仔被喧闹的场面吓地撒腿蹦回屋子。车子慢了

下来，停在我家屋子前面，带起的尘土浓雾般模糊了孩子们的身影。

父亲掀开明亮光洁的车板，伸手进入车里，又探进半个身子，拽出躲在深处的一袋洋白面，一壶塑料桶装的菜籽油。在乡亲们伸长了脖子、瞪大了眼睛的紧盯下，拿进了屋子。前屋是砖瓦结构的大房，套有一间内屋，人住在里面；后屋是侧立单向的厢房，靠住土墙，灶房盘在墙角；再往后就是猪圈鸡窝，是用半截砖、缺角瓦、烂木头搭起来的。灶房里，父亲将面粉塞进面瓮里，盖上竹篾，再加上三块砖；把菜籽油搁在案板下的夹层中，拧紧瓶盖，拍了拍衣服上的灰尘，解开上衣的第一个纽扣，又解开第二个纽扣，右手伸进衬衣贴着胸口的衣兜，掏出几张花花绿绿的粮票，拍在母亲的手心。

至多待了一顿饭的工夫，当人们把煮熟的面条从锅里捞到碗里，还未端出前门，多看几眼车子的空隙，父亲就要走了。车子喘着粗气，冒出黑烟，哗地响了声喇叭，动了。孩子们噌地撂下饭碗，抬脚就追，想要把它拽回来似的。可车子跑得比兔子快多了，拖着黑色的烟雾，一转弯，出了村子，远了。

此后，关于父亲的传言和地里的庄稼一样生长。有说父亲要将我们全家带出农村，到大城市兰州去做城里人的；有说父亲到处求人找关系，要调回我们小县城工作。当冬日的雪花麸皮般散落，顺着脖领溜进颈肩，啄了下热乎的肌肤，倏地消融了。蹲在屋檐下闲聊的人们，耸了耸脖子，瞥了眼昏沉的天，顿了顿，有一句没一句地聊着。

父亲就是在这个时候回来的。手里拎着个发白的皮革提包，鼓鼓囊囊马上要撑破似的；背上趴着个草绿色的军用包裹，棉花垛样捆扎得饱满结实。他是一个人走进村子的。这次，狗也没有叫，鸡也没有飞。父亲调回了县机械厂，还是司机，厂里唯一的一辆天津212客货两用车归他开。

"回来咧！"村人问道。"回来咧！"父亲答道。

三

无论睡得多晚，父亲都能像头牛一样在夜晚与清晨的推搡中睁开眼，打个骨碌爬起来，几下洗刷完毕，推出他那辆加重二八大杠自行车，左脚一蹬、右腿一跨，车轮滚动，上班去了。厂子离村子有十几里路，往往要很久才能到。父亲每次都抄近路，就着火车道沿压出的尺把宽的小路，杂耍般骑行，这会快一些，顺路可以吃两个包子或一块蒸糕填下肚子。

到了工厂，要送的货早就装好了。父亲打开车门，坐进驾驶室，转动钥匙，启动汽车。天热的时候，发动机三两下就打着了；天凉的时候，就要靠人力来发动。先从车底的卡槽抽出长长的车摇把，对准发动机上的卡口，按住油门，轮开胳膊死命转动，能摇多快就摇多快，发动机这才哼哧哼哧极不情愿地运转开来。握着方向盘，脚底踩住油门，车子如欢快的小毛驴，嗯昂嗯昂上路了。

父亲开着车，跑得远，走过的地方多，见闻就广。夏天的夜晚，热得睡不着觉。当院铺开炕大的凉席，取出搪瓷大杯，抓把粗茶叶，拽住暖水瓶，哗地倒满水，放在席边，撅下屁股坐在席子上，等父亲给我们讲他的见闻。父亲咣地坐在席子中间，嘴边溅着唾沫星，大声地吹嘘他的五马长枪，天南地北，胡吃海喝，惊险奇遇……整日的疲惫也消融在这月光浇透的院落。

父亲出车祸的消息是母亲告知我的。我正坐在教室里，看外面树枝上的麻雀跳来跳去，母亲叫我出来，抓住我的手说的。我和母亲走走跑跑十几里路到了县二建医院，看见父亲躺在白色床架，白色床单，白色被子的钢丝床上；身上套着蓝白相间的竖条病服，右腿绑着长长的夹板，缠了一层又一层的白纱布，像刚刚嫁接的半截树枝；浮肿的脸比平时胖了很多，睁开的眼定定地看着母亲和我，想说什么，咧了咧嘴没有声音，满嘴的牙没了。

"回来咧！"村人问道，"回来咧！"父亲挤着嘴回道。

父亲恢复得很好，腿里搁着钢板，口里嵌满假牙，大半年的时间已和常人无异，又回厂里开车去了。

后来，从南方刮过来的改革风潮吹垮了县城的小工厂，父亲成了下岗工人。还好有会开车的技术，父亲找到了为私人老板拉煤的活。从秦岭山的深坑里，装满一卡车原煤，沿着细绳般的山路爬行。这边是劈开的石壁，那边是斧砍的悬崖。车子在上面行走，荡秋千般摇来晃去，一不留神就会四脚朝天窜进深沟，七零八落摔成碎片。为了让自己心头清醒，父亲一根接一根地抽辣呛的卷烟，一缸又一缸地喝酽苦的粗茶。一天一夜的行程，整车煤才能拉回来，卸完煤，接着又拉下一趟了。拉了近两年的煤，人也变成了煤块，干瘦，黝黑。

偶然的机会，县里的另外一家工厂缺个司机，父亲这才回到单位，开的还是一辆天津212客货两用车。这个厂子效益尚好，父亲可以按时上班，按时下班，领了工资，还会买瓶西凤酒，半斤猪头肉，一碟花生米，喝两杯。烧酒下肚，老血上涌，捏住筷头，敲打桌子，张开大嘴吼秦腔，唱的是《辕门斩子》的戏文："三国有个周公瑾，七岁学艺九岁能。十二把兵领，官拜江南大元戎……"

四

我不是戏文里的周公瑾。上村小成绩还能排在班级的前头，到了乡里的初中，要学习从未听说过的外语，好似有人迎面给了个大巴掌，扇得我晕乎乎原地打转，自此恶心了学习。高中没有考上，十来岁，骨头还嫩，干不了多重的活，父亲找关系让我上了县城里的高中。我也曾狠心地想把学习弄好，可干枯的树苗，怎么也冒不出新芽，逃课成了日常。溜进操场的杨树林，钻到防洪渠的荒草堆，躲在街道的录像厅；白天就是黑夜，黑夜就是白天。父亲知道了，常常对着我叹气。

高中三年，火柴燃烧般嘭地就过去了。连参加高考的勇气都没有的我，像个逃兵把自己关进房子，盯着墙壁裂缝里的蚂蚁，看它们上下左右慌张地爬来爬去。"上班去，我办了提前退休，你顶替我去厂里上班。"父亲轻飘飘的声音树叶般落在我的心尖，竟沉沉地有些重量。接替父亲上班，意味着我的户籍将不再是农村人了，而是吃商品粮的城里人了。跨上崭新的二八大杠自行车，学父亲一样抄近道，我从农村出发奔向县城了。

父亲退休也闲不下，以前认识的老朋友熟知父亲踏实肯干，就雇了他，在县城豆腐块大小的火车站广场用货车揽零活。车站的路灯还未熄灭的时候，父亲早已将车刷洗一番，摆放在最显眼的地方，等天光亮起来，等第一个雇主出现。运气好的话，可以拉一趟活，不走运的话，几天也没有活，只能干耗。主家急，父亲更急。

夏日三伏，太阳明晃晃杵在半空，地面变得干裂、蜡黄、焦糊，热风卷起尘土乱窜。父亲抿了抿舌边皱裂的嘴皮，咽了下口水，蹲守在车的阴影里，不肯挪动，生怕错过要来拉货的雇主。大半天过去了，还没有人来问过，眼看今天又要落空了。连太阳都杵得累了，歇息在树梢上了，三个年轻人的身影闪进了车场。他们走到一辆车前，又走到一辆车前，再折回来走到父亲的车前。父亲早已站了起来，挤出满脸的笑容装作遇见熟人一样打着招呼："老板，拉货？""嗯——，拉——货！"有人应到。"好勒！"父亲一把打开车门，让三个年轻人上了车，跳到座位上，发动车子，走了。

货要从相邻的三原县拉回来，百多里路，两个多小时就可以到。车子进了三原县城，太阳还能看到个边沿；又出了三原县城，说货在城外的工厂里。县城里亮起了电灯，下班的工人开始择菜、点火、烧油，忙着做晚饭；城外黑乎乎的，蒙了张粗麻布般。父亲打开车灯，两道光探进无边的昏暗，照亮坑洼的土路，阴森森的玉米地。细滑的尼龙绳蛇一样软软地从后边缠住了父亲的脖子，坚硬的刀子刺穿了衣服的口袋，刺穿贴身的衬衣，刺进父亲的皮肉……田野的风呜呜地吹，宽大的玉米叶唰唰地摇，几只偷吃玉米的老鼠无声逃开了。

父亲的双手被尼龙绳缠了一圈又一圈，打了个死结；父亲的双脚被尼龙绳缠了一圈又一圈，也打了个死结；架着被拽到玉米地的深处。父亲当过兵，常年劳作，身板还好。一头撞到一个，双腿并用，又左右绊倒两个，可是被困在绳子里，跑不了。年轻人站了起来，石头般的拳脚就咣咣咣砸了下来，父亲瘫成绵软的泥条，被倒拖着拉到乱坟堆，冰凉的刀刃抵住了父亲温热的喉咙。父亲睁大眼睛，看了看拿刀子的人，看了看塌陷的荒坟，看了看夜里亮起的星星，闭上了眼。

"回来咧！"憋闷的声音从地底冷不丁地冒出来，年轻人吓得一屁股坐在地上，相互瞅了瞅，扭头瞥了瞥身后，除了坟茔没有别的。他们扔下父亲，跑了。发情的蟋蟀整夜整夜地叫，觅食的老鼠咔嚓咔嚓地啃，拔节的玉米格吧格吧地响。天亮了，父亲滚动着挪出了玉米地，到了大路上。

五

绿皮火车蚯蚓般钻入细长的夜，黄晕的灯困乏地蜷缩在车厢顶，咣当的车轨声在走廊上蹿来跑去，车厢里的几个乘客窝进窗角昏睡。生硬的座位，坚硬的桌板，粗硬的窗子；铁皮包裹的车身被风戳了无数的洞，寒冷水一样漫入车厢，淹没我僵硬的身子。

顶替父亲上班，我并没有得到想象中的生活。作为生产油漆的工人，每天八点进入工厂，领灌装油漆的铁桶，给每一个铁桶糊上商标；再用板车拉来生产油漆的溶剂：汽油、二甲苯、丙酮，分配它们的剂量；抬出制造油漆的填料：大红粉、钛白粉、碳黑粉，调和它们的比例；按动搅拌机、输送机、研磨机，改变它们的形状；称重，灌桶，装箱，打包，堆放，入库。今天这样干，明天这样干，后天也这样干，四年都是这样干。

手掌的死皮脱了又长出，嘴边的烟卷灭了又点上，杯中的二锅头空了又倒满，桌子的麻将牌推倒又码齐，挥舞的拳头从屋子打到街道……来往的人群，你走你的路，他走他的道，而我找不到方向。厂子外的高墙偎着弯弯的火车道，这头通向塬上，那头通向外界。偶尔有火车拖着六七节车皮，从那头过来再从这头过去，带着风跑远了，融进远方的天际。

"不上班了？"父亲哀怨的声音铁锤般砸在我的后背，顿了顿，我加快了逃离的脚步。拎着个大塑料桶，里面装着毛巾、肥皂、牙膏、牙刷、杯子、衣架，背上背着被子、褥子、床单、枕头、换洗的两套衣服，还拎了大包《古代汉语》《现代汉语》《文艺理论》《逻辑学》《美学》的书，闯进了西安的大学。白天黑夜，黑夜白天，孔子像前的紫藤花开了又落，落了又开，我终于拿到了大学本科毕业证。以前的厂子早已将我除名，回是回不去了。高高大大的西安城墙，把城内围得严严实实，绕了一圈，只寻到东南西北四个木门，我进不去，只能继续待在学校里啃书本。在一个城墙脚的迎春花开放的早春，我考取了江西一所大学的研究生。等到树上的叶子黄了的时候，拎着箱子，踏上绿皮火车，经过长江大桥，读书去了。

父亲的日子可不好过，捡回半条命，受了惊吓，失了元气，人瘦了下来，脱了形，皮包着骨头，患上了糖尿病；起初人觉得无力，干不了活；后来站都站不住，从早到晚躺在床上，起不了身；再后来全身浮肿，手上、胳膊上、背上、大腿上冒出好多明鼓鼓的水泡，不痛不痒，十几天时间自然就破了，蛋清样的汁水流出来，黏糊糊的；紧跟着发低烧、说胡话、昏迷……

火车摇摆着身子向夜的深处掘进，暗黄的灯光熬不住这长长的夜，倦了，灭了。黑，乌黑，漆黑的夜。恍惚间，有个模糊的身影在黑暗中显现。崭新的小货车里，父亲穿着干净的中山装，坐在驾驶室，右手握着方向盘，左手夹着香烟，头转过来望着窗外的我，我撒开腿跑向前方，跑向小货车，跑向父亲，跑了很久很久很久……

"爸，我回来咧！"冰冷的床板上父亲安详地睡着了。

六

揣着平直鲜亮的毕业证，挤进目的地为广州的列车，南下。广州在哪里？坐 K 打头的快车，从西安出发，经郑州，过武昌，转长沙，到达广州站；全程约 2000 公里，用时近 28 小时。

还有半年才毕业的我，急匆匆赶回老家，心心念念要在附近的西安城找份工作，一来安定下来，二来照顾母亲；可我走遍城市的角角落落，却没有几个愿意收纳的单位，好不容易找到份大学辅导员的岗位，可只能填饱肚子的工资还是让我退缩了。再次站在黑魆魆的城墙下，乌青的砖块长满了毛绒的青苔，这座写满故事的城市显得有些苍老了。我转开身子，朝着城墙的反方向走去。

坐在火车的硬座上，人像支装在筐里的啤酒瓶摇来晃去，一天又一夜又一天，晕船般难受，肚里的方便面都要冒着泡从嘴边溢出了。睡觉是不可能的，车厢里的人你挤着我我靠着你，只能不时地打个盹，刚要迷糊，"啤酒饮料矿泉水，瓜子花生八宝粥，来！把腿收一收。"这声音猛地在耳边炸响，身子一哆嗦，睡意早被吓跑了。熬到天亮，车窗外的景色打开电视屏幕般变化，土黄、浅绿、翠绿、深绿，平原、隧道、低岭、大山；人也如进入蒸笼般发热、起汗、冒汽，衣服脱了再脱，脱到仅剩短袖，广州站到了。

"靓仔！你去边度？"热情的陌生人对着我打招呼，"什么？你说什么。"我摇着头从他的身边溜过去。按照广场上的指示牌，左转，右转，上坡，下坡，过桥，穿道，买了大巴车票，再过道穿桥，上坡下坡，转右转左，跨进车厢。大巴车出了嘈杂的车站，钻进慌乱的街道，冲浪般在高架桥楼房边屋顶旁游走，车子起伏间我已昏沉打盹。"落车！落车！"大巴司机用粤语大声地叫着，我拖着肥大的箱子，来到一个叫顺德的地方。

粗壮的榕树弥勒佛般盘坐土中，蓬松的绿叶乱发般撑开，条条气根胡须般垂落，扎入地面，贪吃的孩子般吮吸养分；挨着的甘蔗林，个个露出光溜溜的身子，扎个青翠的冲天辫，齐整整地站立成排；还有香蕉树，穿身绿莹莹的大鳖，挥动大蒲扇，追赶太阳；大串大串紧实的香蕉不时闪现，溢出清香来，顺着德胜河的水流飘远。舒缓的河面上，装满集装箱的货轮穿来穿去，沿着既定的航线游走。

"靓仔！你中意食乜嘢？"老板迎上来问。"凤城酿节瓜，均安煎鱼饼，清炒桂花鲈……""有扯面吗？"我怯怯地问。"靓仔，食鱼啦！几好味！"老板和蔼地推荐。"好吧！尝尝。"在北方，我很少吃鱼，因为做熟的鱼总有一股土腥味，吐都吐不掉，可是在这里竟然日渐喜欢上了吃鱼，尤其是清蒸的鱼，原味、新鲜、滑嫩，可口。难道这鱼从渭水出发，游过黄河，跃过长江，涌入珠江，褪却硬壳，洗去尘埃，蜕变为另一条鱼？

冬至，广东的天气依然暖洋洋的，陕西已落了今冬的第二场雪。独自守在老家的母亲，几天没有接到电话，挂念着我，主动打了过来："快过年了，回家吗？""依家，我系哩度过得几好。"我随口回道，"啥？你说啥？"电话那头母亲急切地问。

2022年第1期《星火》；2022年第三期《散文·海外版》转载

第二辑

岭南水韵

鸟 叔

远处，高楼林立，近处，车流穿梭；低空；鹭鸟飞翔，地面；茂林修竹；周边，河涌环绕。繁忙的珠三角地区，顺德区伦教镇鸡洲村的鹭岛上，鸟叔栖身林间，仔细观察着竹林中鸟的动向。

惊蛰时分，春雷乍动，群鸟鸣叫。灰鹭吃饱了肚子，三三两两陆续赶回来了，它们要在天亮之前回巢休息。白鹭醒了，从藏身的竹丛中探出头来，警惕地巡视周围，确认没有危险，跳跃着从这根竹枝挪到那根竹枝，迂回跃上竹林的顶端。太阳出来了，金色的阳光沐浴着纤瘦而修长的白鹭，雪白的羽毛映射出圣洁的光晕，投射在翠绿的竹林，如空中依然闪烁的星星，散落天际。一只、两只、三只……成群，结队，抱团……等待，会合，聚集；起舞，展翅，飞翔；成行，井然有序，直向碧空；成列，错落有致，同赴蓝天；成菱形，阵仗翩然，共迎晨风；成扇形，穿插绕飞，杂而不乱。忽高，忽低，忽疏，忽密，忽疾，忽缓，上升，俯冲，盘旋；煽翅，收翼，滑翔；像骤然飘洒空中的片片雪花恣意漫舞，充盈天地；似从天而降只只可爱的白色精灵风姿绰约，体态优雅；如听到统一指令的仪仗兵，个个贴着竹林的绿沿，有规律地往复循环，巡视领地。一圈，两圈，三圈……仿佛对庇护自己的这片竹林进行虔诚的祈祷。阳光更暖和了一些，群鸟依依不舍地散开，飞离竹林，寻觅食物。

看着鸟儿轻盈地飞走，鸟叔悬着的心终于安稳下来。几个月前，情况可不是这样。2019年的初冬，到了筑巢的季节，鹭鸟和过冬的候鸟来到竹林，却迟迟不肯栖息下来，只在远远的地方绕来绕去。都十一月份了，起北风了，天气也冷了，鸟儿并没有急于到竹林搭窝，甚至已筑好巢的鸟儿也集体搬家不知去向。急得鸟叔放下生计，骑上摩托车沿着河涌到处寻找，几天下来，跑了上百千米，人瘦了一圈，鸟终于找到了。有的落在了几千米外河涌边偏僻的小树林，有的歇在了附近的顺峰山公园。鸟叔心里很不是滋味，养鸟22年，期间有太多心酸的往事，自己都坚持下来了，想不到鸟儿现在

一江烟雨绿芭蕉 国森画于顺德

却嫌弃他了。是竹林出了问题，是有人偷鸟吃，还是有威胁鸟的苍鹰？曾经有人在夜里偷偷潜入竹林，趁着天黑捉鸟。鸟叔听到凄厉的惊叫声，腾地从床上跳起来，循着声音找到了抓鸟的人，厉声呵斥："不许抓鸟，鸟是保护动物，吃鸟犯法！""这么多鸟，吃几个有什么关系？"那人念叨道，鸟叔举起了手中的棍子，偷鸟的人悻悻离开了。为了防止再有人偷，鸟叔干脆顺着竹林挖了条壕沟，注满水，河岸种植榕树，形成一道天然的屏障，不让陌生人靠近；再往水里放养小鱼苗，供林中的鸟进食。自此，再也没有人偷鸟了。那到底是什么呢？

为了弄清楚原因，鸟叔决定进入竹林查看情况。多年前栽种的竹子幼苗已成长为高耸挺拔的茂密苍林，遮云蔽日。清风拂过，碎叶颤动，竹枝摇晃，光影交错，迷离恍惚间有置身世外桃源的之感。22年前，鸟叔还不叫鸟叔，他的大名是冼铨辉，是一位靠搭排架为生的包工头。因为搭脚手架需要竹竿，租下这座近200亩地的荒岛用来种竹子，没想到竹子长大了，却意外地吸引来众多的鸟栖息。鸟叔从小在田间长大，每当劳累时看着身边飞过的鸟，瞬间就忘记了疲惫，但随着城市的急剧扩张，如今鸟儿无处藏身，越来越少了。既然它们喜欢这片竹林，就留给它们吧！竹林越来越密，鸟儿越来越多，不但有南方的白鹭、灰鹭、池鹭、牛背鹭、褐翅鸦鹃、大山雀、棕背伯劳、白头鹎、白喉红臀鹎，甚至北方的候鸟，苍鹭、大白鹭、黄嘴白鹭、丝光椋鸟等数万只鸟来竹林安歇。鸟叔喜在心头，更加精心地照顾好这片竹林，义务承担起护鸟员的角色；研究鸟的习性，追踪鸟的动态，营造鸟的舒适环境。逢人就讲鸟怎么鸣叫、怎么进食、怎么孵化、爱鸟成痴，别人干脆送他外号"鸟叔"，他笑呵呵地接受了。"顺德鸟叔"成了他的名片。进入林中，横七竖八地倒下很多胳膊粗的竹子，扯散了鸟儿精心织就的窝，几只刚孵出的雏鸟惊惶地到处乱窜；坑洼里积满了乌黑的脏水，掉进去的雏鸟挣扎着往外爬；堆积的鸟粪发出刺鼻的恶臭，熏得人要闭气；滋生的蚊蝇包围了鸟叔，叮得身上到处起包，鸟叔没觉得痛痒难受，反而心情释然，他找到问题出在哪里了。2018年，超强台风"山竹"肆虐整个广东，给竹林造成了极大破坏，加上去年降雨量稀少，竹林里的环境恶化了，鸟儿不肯来了。鸟叔埋怨自己没有早点觉察，亲自动手砍掉腐坏的竹子，清理地面的污水，扫除沉积的鸟粪，彻底打扫干净竹林。

　　立夏，天气开始变得闷热，几场雨过后，鸟叔惊喜地发现，飞走的鸟又飞回来了。它们长时间在空中俯瞰，偶尔落在枝头，停一下，调转头又飞走；再落下来，瞅几眼，扭动身子，还是飞走了。鸟儿反复查看林地的变化，似乎还在生鸟叔的气，不肯轻易回到竹林。看着飞来飞去的鸟，鸟叔的心随着鸟儿来回扯动，折腾个不停。直到日暮，鸟儿们终于返回林中了。

　　晚霞为夕阳披上橙红的轻纱，云彩给落日涂抹淡淡的腮红，困倦的鸟儿归巢了，吃饱了肚子，喂完了雏鸟，趁着低垂的夜幕，喧闹的歌唱开演了。"呱呱呱"白鹭。苍鹭粗粝的大嗓门拉开了演唱会的序曲，"哦哦哦"池鹭短促尖利的呼喊启动欢唱的按钮，"呃呃呃"牛背鹭低沉聒噪的呐喊突兀地加入了合唱，"咕咕咕"褐翅鸦鹃发电报般的嗓音有节奏地打着拍子，"叽叽叽"丝光椋鸟拉高了调门高亢响亮地领唱，"哇哇哇"灰鹭厚重磁性的吆喝丰富着奏唱的层次感，"啾啾啾"翠鸟清脆婉转的花腔高音转折拖曳悦耳动听，"吱吱吱"大山雀和着群声用足力气伴唱……高、低、长、短、粗、细、缓、急，千般声音汇集；大、小、胖、廋、娇、健、壮、弱，万种鸟儿聚会；天、地、江、河、岛、滩、塘、荡，无数生灵同在；欢乐、惬意、放纵，安然。

　　夜幕垂下厚重的绸裙。鸟叔坐在简易的竹棚里，沏一壶茶，听着鸟儿的喧嚣，舒心地品味茶的清香。橘黄的灯光下，鸟叔的影子拉长为枝枝蔓蔓的青竹，鸟儿在竹枝间做窝，孵化，呢喃……

2020 年 7 月 18 日《人民日报》（海外版），同日"中国作家网"转载

2020 年 9 月 6 日《佛山日报》转载

饮早茶

"饮咗茶未？"广东人清晨的第一声问候从饮早茶开始。天刚刚亮，大街小巷的茶楼早已打开了门，迎接来饮早茶的客人。

人未进店，门迎靓女已款款碎步前来相迎，引领你至舒适的座位坦然安坐，柔声问您几位，喝什么茶。有茉莉、菊花、桂花，普洱茶、铁观音、大红袍……说话间，帮你置放杯碟、酌取茶叶、冲泡沸水、香茗一杯、浸润口舌、温暖肠胃，待你热茶下肚，再呈上精致的菜单，挑选你喜欢的茶点。有鲜活味美的水晶虾饺、红香酥软的豉汁凤爪、膏肥不腻的干蒸烧卖、甜咸适口的叉烧包、软糯爽滑的陈村粉、绵甜清新的艇仔粥……还有嫩黄的脆蛋挞、晶莹的马蹄糕、泛焦的萝卜糕、蓬松的马拉糕、柔韧的黄金糕、甘洌的伦教糕……还有劲道的金钱肚、荷香的糯米鸡、浓汤的云吞面、多汁的流沙包、酥脆的炸煎堆、弹牙的炒牛河……种类繁多，应有尽有。对于喝着早茶长大的广东人来讲，众多茶点早已被肠胃熟知，哪种合口味？哪样合时令？哪款合心意？张口即出，靓女收好菜单，送往厨房，稍等片刻，现做的点心就端到你面前。此时茶味渐浓，芳香甘醇，倚座细品，神清气爽。

广东早茶的来源，要追溯到咸丰同治年间。当时广州有一间名为"一厘馆"的馆子，门口挂着写有"茶话"二字的木牌，供应茶水糕点，设施简陋，仅以几把木桌木凳迎客，聊供路人歇脚谈话。后来出现了茶居，规模渐大，变成茶楼，此后广东人上茶楼喝早茶蔚然成风。喝早茶可一人独酌，也可三五好友，亦可家庭团聚，无应酬之繁缛，无宴会之拘束，无客套之虚伪，"一盅两件"，简单惬意，丰俭由人。茶饮几杯，口舌生津，肠胃通畅，精致的茶点适时端出。带着镬气的食物散发诱人的香味，徐徐而来。小笼、小屉、小碟，三块五块，量少样多，件件细腻如艺术品。晶莹剔透的虾饺，形似一梳香蕉、皮薄而半透明、鲜活的虾仁露出羞涩的粉红、隐约可见、入口柔韧而富有弹性、爽滑清鲜，美味诱人；雪白松软的叉烧包，采用肥瘦适中的叉烧作馅，包皮蒸熟后软滑刚好，要"高身雀笼型，大肚收笃，爆口而仅微微露馅"。口感绵软，内馅香滑有汁，甜咸适口，滋味鲜美。饱满紧致的干蒸烧卖，以肥猪肉粒、瘦猪肉粒、鲜虾为主要原料，配以马蹄粒、笋粒等爽口配料，与姜汁、白糖、料酒等搅拌，调味蒸熟；皮薄肉爽，软嫩醇香。褶皱圆滑的蛋挞，外皮层次分明、内馅平整光滑，其制作工序十分繁琐，需要将水皮（水、糖、鸡蛋、面粉）和油皮（猪油、牛油、奶粉、面粉制作）不断折叠，做好的挞皮能达到一百多层。有诗云："皮层叠叠灌黄汤，尤似鸟巢卵破浆。展现人前如亮镜，平凡美食确无双。"更有"薄如蝉翼，纯白如雪"的陈村粉，一吮脱骨、齿颊留香的豉汁凤爪，粥底绵烂、粥味鲜甜的艇仔粥……有滋有味地吃着，高声低语地"吹水（聊天）"。全然不顾嘴角有汤汁、手指粘油花，唯有在别人加茶时以食指和中指轻扣桌面，表示感谢。据说这一风俗源出乾隆皇帝下江南，微服出巡。一次扮作仆从的皇帝给扮作主子的随从斟茶，随从感恩戴德、惊恐万状，本应下跪叩拜，但又怕暴露了皇室身份，于是灵机一动，遂以两指微屈、轻扣桌面、代为叩礼。此习一直沿袭至今。茶煮至浓郁，饭食到九分，兴致酣然，敞开心扉，话如泉水，汩汩涌出。上达天文，下抵地理，高如庙堂，远如街巷；谈家庭琐事，论邻里关系，议社会热点，商生意往来，谋发展大略，随意而语，随性而至，漫无边际，畅快舒坦。国事、家事、身边事、事事可聊；风声、雨声、聊天声，声声入耳。你说你的观点，他讲他的立场，声情并茂，眉飞色舞，喜乐自知，尽入杯盏。广州"陶陶居"茶楼有对联云："陶潜善饮，易牙善烹，恰相逢作座中君子；陶侃惜飞，夏禹惜寸，最可惜是杯里光阴。"

茶足饭饱，心满意足，郎朗地喊一声"靓女，埋单！"付款、起身、走人，做自己的事去了。

2019 年 2 月 27 日《羊城晚报》

壮气高冠木棉树

　　窗前有株木棉树，整个冬天直愣愣杵在土里，旗杆一般，有三四丈高；粗细不一的树枝上下交错，向外抻开，长长短短，参差错落；棕黑的树皮干裂纵横，布满凹凸泡肿的瘤刺；树身光秃没有叶子，如一把凌乱的伞骨，兀自撑在风中，任寒霜侵袭，褶皱深陷，与周边大榕树、糖胶树、芒果树的满枝青叶格格不入，颇有些许孤寂落寞。

　　岭南的冬季虽短，但二月时节寒气依存，草木尚未萌发新芽，陈旧的绿叶耷拉着身子，稀稀拉拉落向地面。木棉树单薄的枝干上，有小小的花蕾暗暗生长，不经意间绽放枝头；一朵，刺目、桀骜、肆意；两朵，耀眼、不羁、并峙；三朵，绚丽、狂妄、炽热……橘红、橙红、殷红，星星点点，繁繁密密，挨挨挤挤，挂满枝头，悬在高处，立于空中；这是属于她的时刻，宛如舞台的主角，蓦然登场便红艳了岭南的早春。放眼望去，高楼旁、道路边、巷口里、山野上，朵朵木棉花次第盛开，宛若一袭红裙的少女静默地站立，散发出无尽的魅惑，吸引所有的目光。

　　摘一朵花，捧一盏明灯，掬一星火光。泛红的花瓣光泽明丽，嫩黄的花蕊细密排列，墨绿的花柄结实精致；由花柄伸出五片花叶，叶尖自然向外张开，叶身侧面相互环抱，形成萼杯状；杯中满满的花蕊，松针般竖立，纤细的身材顶端缀着羞涩的蕊，散发淡淡的木质清香。花朵厚实沉重，花瓣硬朗爽脆，花香幽然素雅，大有君子之气。

　　触摸树身，突起的瘤刺穿破树皮向外戳出，稀稀疏疏遍布主干，为树木穿上一层防护的鳞甲；粗粝的表皮块块片片不规则地紧依树干，火烧烟熏般乌青；漆黑的树干与枝头的红艳形成强烈的反差，黑的深沉，红的惹眼。整个冬天，木棉树都在沉默，在周围的绿色中独自凋零，寂然静默，积蓄能量，只为早春释放那一树的火红。

　　走在岭南的大街小巷，随处可见高大的木棉树安静地站立在你的身旁，默默陪伴你度过日日夜夜。近年栽种的英俊如少年，多年生长的刚健似壮汉，百年孕育的苍劲若长者，她们承接日光风雨，历经岁月变迁，毅然守护一方天地。

岭南种植木棉树的历史记载最早见于晋葛洪辑抄的《西京杂记》卷一："汉积草池中有珊瑚树，高一丈二尺，一木三柯，上有四百六十二条。是南越王赵佗所献，号为烽火树。至夜，光景常欲燃。"因此卷为历史笔记小说集所记难以确信，且长安城冬日冰天雪地，这种生长在热带亚热带的树木恐难以存活。我在秦地数年，未见有木棉生长，后移居岭南方初识木棉。又据南宋方信孺著《南海百咏》记载："为踏青避暑之胜地。……列植木棉、刺桐诸木，花敷殷艳，十里相望如火。"这大概是岭南种植木棉的最早的明确记载。

也许只有在岭南，才是适合木棉树生长的土壤，尽情释放积郁的激情。穿越历史的时光隧道，无数的文人被贬岭南、大量的士人避乱岭南，成批的移民选择岭南，韩愈、刘禹锡、苏轼、秦观……当他们受尽磨难、抱定必死的心、抵达岭南这块蛮荒之地时，却惊喜地发现这里物产丰富，别有天地。他们亦如木棉在这片沃土上得以安生养息、扎根发芽，绽放出生命中的灿烂。时至今日，鲜艳依旧，风骨犹存。

木棉花盛开半月有余，无败落枯萎状态，决然从树枝上坠落，毫不留恋，无论跌入路边、草地、泥坑、山崖，其身数日不变形、其色长久不衰退、其神持续不萎靡，英雄般道别尘世。清人陈恭尹在《木棉花歌》中写道："浓须大面好英雄，壮气高冠何落落。"木棉花葩刚毅坚挺，恰似君子的风骨；花色红艳浓烈，仿佛志士的鲜血；敦实的树根、健硕的躯干、庞大的枝杈、顶天立地的姿态、犹如英雄般挺立，众人须仰视可望；木棉树因此被称为"英雄树"。

木棉花开，钢筋水泥的城市焕发春日的色彩，坚硬板结的道路孕育温暖的柔情，古旧灰暗的巷口蓄含蓬勃的生机，寂寥单调的山野变幻妖娆的风姿，澄净空旷的天空燃烧烈烈的火焰。

2020 年 2 月 18 日《羊城晚报》，原题《木棉花开》

天字岗

广东，厓山，文天祥；顺德，马冈，天字岗。马冈岛古称金坡岛，四面环水，岛中有山；芦苇遍野，水草丛生；山上树木繁密，幽深寂静，人迹罕至；江河阻隔，与世疏远。

阳春三月，草木竞发，百花争艳。登临小岛，无意踏春，此行为寻访南宋忠臣文天祥后裔的踪迹而来。沿金钗山山脚迂回步行，但见古树森茂，藤蔓蓬勃，野草丛生，一时竟不知从何处登山，更不知于何方探觅？山脚屋舍，诚心问询一老者，初始热情，待听清楚是找寻文天祥家族后人，急忙摆摆手，不再言语；转寻另一处，说明来意，长者沉吟间放下手中活计，迈出屋来、指向远方荒草掩映处，告知从此地上山，登至三分之二处、转向右边山头，或可寻到。谢过阿伯，一行三人，这才在山脚隐蔽处找到一条山野小径。

初始有两三级石灰铺就的台阶，狭窄短小，布满了雨水冲刷后留下的干泥，又有枯叶层叠掩埋，石阶几难辨别，恍惚与山体合为一色，如无人指引，恐不知此为上山通道。两边的植被也似极力隐匿这条密径，郁郁葱葱、密密麻麻侵蚀路面，仅留下容一人通过的入口。台阶忽隐，蔓草斜出，青藤耸立，古树盘错，枝叶纠缠，脚下的路已不知去向，只有纷乱的落叶聚集在数公分宽的山间小隙，蜿蜒而上。踩在绵软的落叶上甚是滑腻，脚底更是轻飘飘地落不到实处，稍不留神就向后退落。没走几步，已是呼吸急促、微汗迸出。抬眼望去，林木压顶而来，似万人大军摆下铁桶阵，将我们团团围困；心中为之一紧，紧赶几步，上得山来。山顶有一小块空地，长宽不过数尺，周边扁平，中间凸起，站立其上，可俯瞰山林，似有哨兵监视一草一木，这就是天字岗了。三人分头钻入丛林，找寻文天祥后裔墓葬，杂草没膝、藤枝遮蔽，久久不知所在，一时茫然若失。

"我知道你们找不到的。"有声音从山下穿来，原来是刚刚为我们指路的那位长者。他三步两步上得山来，向右趔进山坡陡斜处，依稀显一线

61

路迹。深入数百步，悠忽不见，枝杈阻道，不得前行；攀木扯藤，双脚分支，半倾半蹲，俯身挪步；稍有用力，土石松动，顷刻跌倒，身上立现划痕数条，赤红见血。

几次三番，终在山坡隐秘、人迹罕至处发现一规模较大的古墓，呈人字形依山而立，共有三层；斜高长度约八米，墓宽约八米；因年代久远，树根缠绕、墓围已开裂，清楚看到生蚝壳混合着石灰石筑建的墓基。敬心上前，俯察历史、碑文漫灭，虽经近两百年风雨冲刷，尚可辨出"大明六世祖，考庆宜公，妣吴氏安人，合葬。"铭文详述："大宋忠臣文公天祥祖入粤第六传至庆宜公，分居顺德县，家人于马岗乡，为始祖，配吴氏安人，合葬在祠后，土名天字岗，原无向（□□）（注：原碑文字迹模糊，待考证），延南海梁子懋光（□）做子向午，兼壬丙辛巳分金之，原子孙支派详载家谱。"立碑时间和立碑人名是："道光二十一年岁末二十一日，长房孙延珍，二房孙延起，三房孙玉君卓君，四房孙德亮兴长。"

阳光挤过交织的树叶缝隙，斑斑驳驳地散落林间，地气蒸腾而出，烟云弥漫，恍惚间回到古厓山战场，南宋灭亡的1279年。文天祥在抗击元军南侵的激烈战斗中被俘，此年被押离广州北上，正月过零丁洋写下浩然诗篇"人生自古谁无死，留取丹心照汗青。"就在文天祥写《过零丁洋》诗后约二十天，烈臣陆秀夫背负八岁的皇帝赵昺投海殉国，南宋灭亡。当时，其老母被俘、妻妾被囚，长子丧亡，自己身陷敌手，命在旦夕；途经建康（今南京）时，目睹古都城衰亡苍凉，伤心不已，写下"健儿迁幽土，新鬼哭台城"诗句，暗示迁徙幽土是家族逃生的唯一退路。据马冈文氏族谱记载："自天祥祖之次子环生公奔隐新会县，娶妻容氏安人，产育宗支血脉，分于顺邑（即顺德）。"可见文天祥为避免家族被铲灭而秘密安排其中一脉迁徙幽土，来到历史上荒凉隐秘的顺德马岗岛，借马冈岛江河阻隔、与世隔绝的生存环境得以塞继下来。

阵风突起，乌鸦哀鸣，落叶纷纷。"我为忠烈大丈夫，诗书礼仪重贤豪。竭心凿志匡扶国，如何天假此强胡。"悲壮的声音若在耳边低回；文天祥于燕京（今北京）柴市就义时，忠孝于他已两全，"铁石心肠断断分，挺然独立定邦基。临危守节心无改，忍死捐生志不移。"这或许才是他真正的绝笔。"吾事已毕，孔子曰成仁，孟子曰取义，于今吾无愧矣。"在生命的最后一刻，他沉缓地吟唱生命的绝响。几百年后，他的后人在顺德马岗隐忍偷生，兴盛繁荣。

出的山来，豁然开朗；几间屋舍，俨然有序；有村民恬然在田地耕作，玉米、番茄、莴笋、番薯、杂列田间，生机盎然；沿屋河涌直通江中，艇仔小舟来回往复，鱼虾满仓，水纹聚散，荡漾两岸；阳光烈烈，薄云依依，青山苍苍，流水悠悠；回望峰岭，天字岗隐没在绿荫环绕中。

2018 年 5 月 1 日《佛山日报》，5 月 27 日《珠江商报》《中山日报》APP
2019 年 8 月 31 日入选《佛山韵律文学艺术丛书》之《2018 年散文诗歌卷》

逢简水乡

石阶、古巷、老屋，小桥、流水、人家，书院、牌坊、祠堂；漫步逢简，回归乡村，领略人文景观，感受岭南水乡，体察炊烟袅袅，静悟岁月悠悠。

踏上石板古道，粗粝不平的石棱直抵脚心，历史的底蕴氤氲而来；时空交错中，置身绿荫环绕，河涌纵横，鸟语花香的古村落，不尽的乡愁缓缓涌现，满心的向往淡淡释放。沿着蜿蜒的小径，葱绿的树木擎起凉爽的阴翳，有扬粉的龙眼树、开花的黄皮树、缀果的芒果树……众多的花木，高、矮、曲、直，或聚、或散、或斜、或躺，三三两两，零零星星，疏密有度，悠然散漫地舒展着；清新的花香、诱人的果味弥漫空中，鸟儿隐藏在层叠的树叶里，一声长、一声短，一声紧、一声缓地叫着，你看不见它，鸣叫声却萦绕在你身边；高大的古榕下，阿婆正在屋前摆放几张简易的桌子，几把低矮的小凳，桌面上搁着早晨才从田里摘下的番茄、青瓜、辣椒、香蕉……自制的艾叶糍、钵仔糕、芝麻糊，三元、五元写在纸片上，既不吆喝、也不招揽，静默地坐着，爱怜的眼光抚摸着身前的瓜果蔬菜，看着一群孩子似得；身后的老屋，青砖、白墙、灰瓦愈显得安详、质朴。虚掩的木门，秦琼、敬德的年画已发白、脱落，门板已陈旧、裂缝，门楣上彩绘的图案已漫漶不清，残留的色彩灰暗、模糊，大理石的门框光泽浑厚，质感坚硬，撑起老屋几度春秋。紧挨着，一院由老屋改建的民宿鲜活地立在一片民宅中，蓬勃的藤蔓爬满了围墙，如披了一件绿色的纱裙，与老屋相偎相依，新旧和睦。院内，一对新人正穿着礼服，拍摄婚纱照，幸福的笑容定格在明媚的光影里。

阳光和煦，清风拂面，走进小巷深处，时光缱绻。枕水而居的屋舍，错落有致；一河清波，漫延屋脚；围墙一侧，一株高达数米的光绪皇帝御赐金桂枝繁叶茂，已逾一百二十年，开花时节香气馥郁，旷日持久。继续前往，逼仄的街巷豁然开朗，一座高大的进士牌坊巍然矗立，让人仰视。据记载，进士牌坊初建于明代嘉靖年间，始建人梁乔升，明正德辛巳（1521

年）科进士，官任北京户、刑、工部主事，因在京主办建修宫殿有功，皇帝恩赐回乡建恩荣牌楼，以彰其德。牌坊十二柱三间四楼，通高 16.8 米、宽 15 米，主楼重檐无殿顶，次楼歇山顶；底部两座红石基台，铜丝系瓦，佳木为材；三层莲花斗拱飞檐，榫卯咬合；四面木刻浮雕灰塑，独出心裁。上悬"恩荣"圣旨，下挂"进士"金牌。崇慕之情油然而生，敬仰之心蓦然而动。牌坊正对面，一座保存完好的清代石拱桥横卧清波，匍匐两岸，桥为三孔石拱桥，南北走向，桥栏板雕有花纹图案，主桥孔上方刻有行书"巨济"。一石一砌，严丝合缝，线条流畅，对称均衡。由宋庆元己未科（1199年）进士李仕修主建，历经重修，为两岸居民的交通要道。抬步而上，和风徐来，视野开阔；蜿蜒的河涌，水波不兴，连接天地；曲折的古巷，细长狭窄，深远恬静。相距数百步，又一座明代风格的古桥浮现河面，质感旧朴，体态端庄，亦为宋李仕修初建，取"淡泊明志""宁静致远"之意，刻有行楷"明远"。栏板上线条流畅的纹饰呈工整的方格，如意头，花叶状，二十四只憨厚的小石狮，身体蜷曲，端坐望柱。桥面两边斜坡不砌石级，方便驱车通行，沿用至今。

　　在古街小巷里寻觅，困了，倦了，随意歇息在河涌边长长短短的石凳上，或坐，或倚，看人来人往、听桨声笑语。歇息够了，神清气爽，起身移步，寻常巷陌间的刘氏大宗祠。明永乐十三年（1415 年），刘氏五世祖刘观成"率族建祠"。祠堂坐南朝北、广三路、面阔五间，进深三米。硬山顶、龙脊背、人字封火山墙、素胎瓦当、滴水剪边、青砖墙、红砂岩石脚。迈入古祠，沉浸时光深处，轻抚岁月留痕，身陷虚空之境，思接千载之悠。小小村落，又有宋参政李公祠，和之梁公祠，黎氏大宗祠，郭氏祖祠等散落民居中。走累了，依靠在路边的埠头，招招手，一条小木船缓缓而来；船泊在埠头的台阶上，一抬腿，摇晃间上了船，蹲坐在船的横栏上，未见划桨，船已飘出。小船荡开微波，两岸青翠贴面而来；湿润的空气沁入心肺，神情为之一爽。水清清、身轻轻、心郎朗，船家一时兴起，唱起流传于乡间的咸水歌："浪拍海滩银光四溅，江心明月映照渔船。大姐放纱小妹上线，渔歌对唱谁拨琴弦……"畅快的歌声引得鱼儿跃出水面，倏忽滑翔，复潜入水，尾随小船，结队而行。流水托着小船、漂浮轻移，波纹缕缕，细细密密。

环绕村庄的河涌似一条游动的大鱼，一会顺流而下深入村内，一会逆流而上潜出村外，村内古朴自然，村外田野肥沃。田间架子上的青瓜抻长了身子依偎着长长的竹竿，直挺的玉米挥舞着叶子逗弄暖风，青青红红的番茄晾着圆圆的肚皮晒着太阳，绿油油的青菜使劲拔高身子探望远处的蝴蝶；几只鸡仔踱着步，点着头，啄食虫子，地畔几口鱼塘呈井字形排列，万尾活鱼竞相争食，翻腾跳跃，溅起水花朵朵。再次入村，穿过一桥，为梁式单孔石拱桥，由清康熙年间的太子太傅刘云汉所建，采用红色砂岩构筑，质感粗粝，造型别致。该桥是据康熙授意"尔亦可返乡建一桥"，故取紫禁城"金鳌玉𬟽"桥名而建，桥横栏一边阳刻篆书"金鳌"，另一边阳刻篆书"玉𬟽"。四周古榕遮蔽，芭蕉簇拥，农舍遍布。

不觉已是正午，浓郁的饭菜香味适时地飘来，肚子咕咕地叫，上岸，寻味美食。岸边商铺，一字排开，特色小吃品样繁多，浓郁嫩滑的双皮奶、晶莹洁白的伦教糕、弹韧薄透的陈村粉、皮脆肉嫩的烧鹅，甘香爽口的煎鱼饼、香美肥嫩的均安蒸猪……还可以就座绿荫下，依着古树、沏一壶茶，点几样家常菜，闲聊桑麻、谈论古今。心属天地，情归此处。

悠悠古村落，风雨两千载。据《顺德县志》记载：自开科取士以来，逢简出进士十三位，举人六十四位。直至今日，祠堂森森，书院凛然，远处"觉妙净院"的祈福之音渺渺茫茫，抚慰人心；近处"雍和书院"的朗朗之声抑扬顿挫、清晰可辨。有学生聚集在榕树下画画：水，清澈；鱼，壮实；船，轻巧；田，肥沃；屋，古朴；人，祥和。她们正在描绘的是中国十大最美乡村——逢简水乡。

2018 年 12 月 16 日《珠江商报》，2019 年 3 月 9 日《南方农村报》

在云端

　　发动机骤然澎湃起来，喷涌强劲的动力，推着飞机加速滑行，机身颤动，嘶嘶作响，机翼紧绷，呼呼有声；无形的压迫感将乘客按在座椅上，双手暗暗发力，抓牢扶手，警觉间，飞机已昂首冲向空中。

　　坐在舷窗旁，视野陡然变得开阔起来。俯瞰地面，参差的建筑物如沙盘里堆积的模型依次展开，耸立的山头高低起伏镶嵌其中，温柔的江水舒缓地流淌而过；藤蔓般的公路上，汽车鱼贯穿梭，忙碌的城市里人们为生活四处奔波。此刻，坐在机舱里，被迫切断所有的电子网络，人倒显得从容起来。

　　飞机奋力挣脱地心引力，上升、上升，薄云青雾迎面而来、倏忽而去，云层由疏变密、轻雾至淡化浓，眼前顿觉朦胧，机身已整个扎进云堆。庞大的钢筋铁骨扑入缠绵多情的云雾怀抱，惬意享受亲昵的抚摸。继续爬升，阳光撞进眼帘，天空明亮湛蓝，云层悬挂天际。顿感物我两忘，沉浸于眼前的美景，抛开世事的纠缠，静观舷窗外的云景。

　　近处，薄云清晰透明，层层可见，大理石纹路般光滑细腻，蚕丝绸缎般自然舒展，仿佛伸手就能抓住一角，卷起来打包拎走；远处，浓云聚集成堆，形状万千，如汹涌的江水溅起雪白的浪花，如高高的棉花垛遍布田野，如洁白的雪山座座耸立。人在云中巡游，云在身边伴随。一片片、一朵朵、一层层、一群群，如松软可口的面包，蓬勃生长的蘑菇；似满山遍野的羊群，活泼可爱的企鹅……任你展开想象，恣意狂放。

　　飞机平稳飞行，云层就在脚下。与云相处久了，想象的潮涌退却。再看云时，云就是云。洁白的云、透明的云，聚散有时，浓淡有度，不为谁守候，也不为谁消散，只有偶然的相遇。脑海里闪出张爱玲的话："时间的无涯的荒野里，没有早一步，也没有晚一步，刚巧赶上了，那也没什么可说，唯有轻轻地问一声：'噢，你也在这里吗？'"

　　人坐在机舱里，飞机行驶在云海，闭目冥想。机身幻化为船只，此刻漫舟云端。手中握一叶船桨，慵懒地划动，船只浮在云层之上，缓缓地飘过。舟里的人，抬眼看清澈的蓝天，弥漫的云雾，无垠的广阔。嗡嗡的发动机声是船只激起的浪花，奏响的乐曲，一路吟唱。心胸豁然开朗，琐事淡然一笑。明朝陈继儒的《小窗幽记》说道："宠辱不惊，闲看庭前花开花落；去留无意，望天外云卷云舒。"

历经起飞时的慌乱，空中的舒心，当山川分明、高楼渐显、田畴葱绿、人流涌现，飞机已经从这一端到了那一端，从一座城市到了另一座城市，从一个起点到了另一个起点。繁杂的世事重回心头，急迫的脚步重又匆匆，云端旅程结束，背起沉甸甸的行囊再次汇入生活的激流。

2020 年 8 月 6 日《清远日报》

功夫之王——李小龙

悠悠的西江水从云贵高原涌现，流经滇、黔、桂、粤，百转千回，进入珠三角腹地。褪去初始的青涩，收敛冲动的湍急，抑制放纵的汹涌，宛若羞涩的少女，一袭碧净的香云纱长袖善舞，漫步轻摇，从珠三角腹地惬意地流淌，飘逸的长发散落江边的村村落落，化成如丝似线成网的万千河涌，滋养万千生机绿树荫荫；孕育沿岸稻香鱼肥，人才辈出。

顺德均安的"江尾码头"古迹犹存，青石板上干枯的苔藓温存着西江水的抚摸，斑驳的水渍镌刻着曾经的缠绵，源自高原的西江水自此汇入茫茫大海，馈赠岸边田田的沃土。"江尾洲"上生生不息的居民，放任江水东流，痴心守护着这片狭小的土地。1940年的大陆，日本侵华战争烽火连天，民不聊生，剧坛肃杀，上村乡一间简陋的屋子里，李小龙的父亲李海泉正在惊恐中茫然失措。身为粤剧名伶的他，生活难以为继。一个风雨凄凄的夜晚，李海泉举家从幽深曲折的小巷潜出，来不及回头看看那间简陋的祖屋，匆匆登上逃往香港的小船。缓缓的西江水安抚他破碎的心，回过神来，站在船头眺望，李氏宗祠前的功名旗在风雨中依然高耸。此时的香港虽偏于一隅，却仍是危机四伏，内心惶恐的李海泉来不及喘息，再次携家漂洋过海，奔赴美国。

乱世流离，龙出于天，这注定是一个不平凡的一年。1940年11月27日，美国旧金山（海外华人习惯称之为"三藩市"）唐人街的中华医院里李海泉的妻子何爱瑜生下儿子李振藩，而此时，孩子的父亲迫于生存的压力仍在千里之外进行演出。给孩子取名"振藩"意为振兴三藩市，提高海外华人的地位。1941年3月底，李海泉看不到粤剧在美国的发展空间，失望的他决定回香港发展事业，遂又举家返回香港。也许是一路的颠沛流离，也许是生活的倍加艰辛，幼年的李振藩体弱多病，经常感冒发烧，三天两头去医院，眼睛近视高达六百多度，看什么东西都是模糊的，父亲为这个孩子忧心忡忡，为了让他变得强壮，身为粤剧武生的他开始教儿子打太极拳。

他大概不会想到，言传身教，武术的种子已潜移默化根植在小振藩的心中，武术的基因已传承在他的血液里；他更不会想到，三个月大的李振藩出演第一部电影《金门女》时将和电影结下一生的缘分，并且在九岁出演《细佬祥》时取的艺名"李小龙"成为他终身的荣耀。

每一段武功传奇必定有一段人生奇遇，要么无意间得到一本武功秘籍，要么偶然中遇到一位传世高人。少年的李小龙争强好胜，经常在香港的街头与人巷战、屡屡失利；他的好友张卓庆比他厉害很多，因为他学了咏春拳。在张卓庆的引见下他亦拜入叶问宗师门下，开始系统学习咏春拳。香港利达街武馆内，身着西装、戴着墨镜、头发抹得油亮的李小龙初次见到叶问，狂躁的心立即平静下来。叶问身着深青长布衫、敞口棉布鞋，身材清瘦，面容肃敛，缄默少言，一点都不像练武之人，倒像个私塾的教书先生，沉稳大方、斯文儒雅。饱经世故的叶问深谙"无为而治"的道家思想，他既不反对李小龙继续练习太极拳，也不反对弟子与别的拳派过招，他清楚一个拳派想生存下去是要在实战中不断完善与强大自己。

每一个武功奇才必是天赋异禀，骨骼精奇。李小龙有个天生缺陷，扁平足，鸭掌脚，走起路来像鸭子一样左右摇晃，不能脚掌贴地平蹲，这是不适合练武的。心眼明亮的叶问早已看出他的这个特征，笑言他是短命相。多年后，李小龙回港探望叶问，故意问道："信不信我现在可以蹲下来？"叶问微笑不语，知道他已凭借苦练克服此缺陷，心中感叹李小龙注定是个武学奇才。在一代宗师叶问的悉心教授下，六年咏春拳的习练，李小龙由一个巷战少年蜕变为真正的武功高手。他后来在世界武坛上取得的辉煌成就，依然持有咏春拳的深深烙印。六年岁月，六年父子，李小龙把叶问当父亲，叶问也把他当儿子一样看待。

"水之性，不杂则清，莫动则平；郁闭而不流，亦不能清。"1959年4月29日，由于经常与人争斗导致学习成绩不佳，李小龙告别家人赴美读书，除学习以外，他把主要精力都放在研习武术上，还成立了自己的武馆"振藩国术馆"。在此期间，他边教边练，刻苦磨炼，技术大有长进，尤以腿功造诣最为精深。为了提高技击水平，他除勤习中国拳术之外，还研究西洋拳的拳法，从中学习步法、身法、拳法和训练方法。1963年根据自己多年的习武心得写作并出版了《基本中国拳法》一书。1964年夏，离开西雅

岭南老屋　德恒於国粹画集

图前往百老汇，同年于在高中结识的琳达举行婚礼。婚后，李小龙夫妇合力经营武术馆。

　　木秀于林，风必摧之；行高于人，众必非之。此时的李小龙已锋芒毕露，在1964年"国际空手道锦标大赛"做表演嘉宾，同年荣登空手道冠军宝座，声名鹊起。但在华人圈认为他忤逆祖训：他把中华武术教给外国人，且不分种族，不分国籍，只要肯学习都可以教。近代的中国一直受到列强的欺凌，鸦片战争、抗日战争，中国都是受害者，所以当地华人武术界都一致反对李小龙不分人种教拳，并派出他们认为最强的精武门实战王黄泽民挑战李小龙。这次武林风波虽然以李小龙胜出而平息，但他也深深认识到中国拳术门派林立、相互独立、画地为牢的现状，中国武术固步自封、裹足不前、难以为继，他要打破传统，汲取西洋拳击的精华，改进传统的拳路步法，以实战为根本。接着他又击败空手道黑带段位、出身于菲律宾武术世家的棍王伊鲁山度。通过比武，他的功夫体系得以完善。李小龙突破民族与门派的局限，取众家之长，融会贯通，海纳百川，自成一派。他将东方武术的精华、融入拳击、击剑等西方格斗术的内容，独创了自己的武术体系——截拳道（Jeet Kune Do）。

　　静，若行云流水；动，则惊涛骇浪。他以电影为载体，将中国功夫传遍天下。1971年，李小龙签约香港嘉禾电影公司，他的电影主题爱憎分明，正气凛然，充满爱国情怀；他的电影实拳铁脚，真刀实棍；要打就硬桥硬马，拳拳到肉；要踢就功力十足，脚到人飞；使棍则臂力十足，触及伤骨；格斗则无规无矩，一击致命。他打破了之前功夫动作片的虚假，塑造了全新的武术形象：一身松紧黄色运动服，手拿双节棍，出拳疾如风，踢腿闪如电，三下两下，将对手击倒在地；打到激烈处，脱去外衣，露出刚劲的肌肉，一声声："我打，啊打！"和对手进行肉搏战，倒下了爬起来再打，一定将对手置于死地，赢得最终胜利。《唐山大兄》《精武门》《猛龙过江》《龙争虎斗》让观众为之热血沸腾，如痴如狂，大街小巷，模仿之风经久不衰，崇拜之情汹涌不息。李小龙的功夫用于实战，但他的功夫目的不在于击倒对手，而在于修为；真正的力量从来不是形式上的强大，而是内在的韧性；真正的功夫高手，高在修为。李小龙重塑了中国武术的形象，打碎了西方人对中国人的固有偏见，向世人证明华人也可以成为世界的偶像。1972年、

1973 年两度被国际权威武术杂志《黑带》评为世界七大武术家之一，美国报刊把他誉为"功夫之王"，日本人称他为"武之圣者"。

"夫有干越之剑者，柙而藏之，不敢用也，宝之至也。" 1973 年 7 月 20 日，三十三岁的李小龙（Bruce Lee）在拍摄《死亡的游戏》时意外猝死，巨星陨落，夜空暗淡。师父叶问当年的预言，一语成谶，留给世界一片错愕。

"以无法为有法，以无限为有限"是李小龙毕生的功夫秘籍，亦是对自我生命历程的至臻诠释：无法，于拳；无限，于命。

2017 年 12 月 10 日《珠江商报》；入选 2020 年《顺德文学作品选粹—诗歌散文卷》

洛阳桥

汽车焦急地在人群中左冲右突，按捺不住狂躁的性子，"哔哔"地嘶吼，与市场上此起彼伏的叫卖声交织在一起，嗡嗡作响。人们倒也不慌乱，你叫你的，我走我的，该买菜的买菜、该拎肉的拎肉、该遛狗的遛狗，你挨着我，我挤着你，间或从堵作一团的车子缝隙侧身而过，回家做饭去了，留下这车水马龙的街道慢慢喧闹。

街道的侧面，一条不起眼的巷子，窄窄的只容一人通过，青石板铺就的路基已残缺不全，打补丁般填上了水泥，路面凹凸不平，路基早已被苔藓和不知名的小草占据，显得有些落寞，但也给这苍白的路面增添了几分生气。墙壁是用青砖砌成的，一砖一浆整齐排列，从地基到屋顶一气呵成，沿着巷子兀自延伸，如抻长了的两只手臂，护送过往的行人。墙壁历经日晒雨淋、腐蚀脱落，呈现一片片黳黑色，如被稀释的墨汁泼洒过一般。漫步走过小巷，外面慌乱的时光霎时沉静了，仿佛穿越时光隧道，一座单薄的褐红色的古石桥便直愣愣呈现眼前了。

桥不高也不大，数十块石板堆砌，三层结构。下层桥身石板竖起横放，构成桥基；上层路面石板平铺，构成桥面；两边单石板打横竖起，首尾相连，构成桥栏；单孔拱桥，横跨河涌。一边13级台阶、另一边9级台阶，共用一处书桌大小的桥面。每级台阶有5块石板的，有4块石板的，长宽不一，因形就材，呈斜坡状。全长5.1米，宽2.85米，孔顶离河床底约4.5米。整座桥无任何雕饰，赤裸裸以石头的本色展现。桥面的石板倒是有菱形的花纹，那也是预防行人脚底打滑而刻的。犀利的棱角已被行人的脚步打磨得平整光滑，残缺不全，甚至凹陷下去。坚硬的石板也早已卸下厚重的盔甲，漏出粗粝的砂石，任时光雕刻，依然刚强厚重，扛起脚步匆匆。桥身历经岁月的洗礼，褪去青涩的面容，裸露饱经风霜的脸庞，满身遒劲的肌肉至今刚强健壮。寻遍全桥，不见有任何文字留存，不见有只言片语。趟过桥来，绿草掩映出有块小基石碑，刻有"洛阳桥"三个字。

洛阳桥俗称石拱桥，位于顺德容桂镇，架在织窝涌的南端，桥为岑国英建，建于北宋熙宁五年（1072 年），距至已有九百多年的历史。又据咸丰《顺德县志》载：洛阳桥重建于明弘治丙辰年，岑兰契重修。后又重修，在桥脚一民居内可见碑志，但字迹斑驳，仅"正德中"三字清晰。碑志所记何事已不可考，岑国英为何方人士亦不可究，何以于岭南巷陌深处以"洛阳桥"命名更不可知？从中原到岭南，源北宋至今日，古桥不语，岿然不动。

微风佛面，流水淙淙，河涌两岸，碧翠滢绿、树木茂盛、屋舍俨然。三三两两行人，说说笑笑，踏桥走远。外面熙熙攘攘，这里清清闲闲。迎面来一老者，怀抱小狗，悠然自得。问询老者有关洛阳桥的故事，已不能讲述一二。远处祠堂里有人正唱着粤剧，咿咿呀呀地拖着长长的调子，低吟浅唱；大树下的石桌上，一群人围坐一起打牌，有说有闹；水面缓缓飘过一条渔船，荡开层层涟漪，穿桥而过。人与桥相伴，桥与人相依；古桥不识行路人，几人何曾知桥名。存在，不问出处？来过，何须留名？苍榕、碧荷、嬉鸭，小桥流水人家；古阶青苔须虾；暖阳正暇，安居人已舍筏。

2018 年 2 月 25 日《珠江商报》

野　趣

　　周末，约三五好友，卸下工作的疲惫，抛却生活的压力，冲出城市的喧嚣，寻青山绿荫，觅山野小溪，看草木葱茏，听流水淙淙。

　　至一无名山，沿沙石土路行走数步，正值入夏，骄阳似火暑热难耐，道旁杂草丛生，茂密如发；野花遍地，傲然怒放；进入山中，林木渐多，绿涌翠绕。山脚路边现一农家，竹棚叶顶，四面敞开，桌边几张木凳。少许，与主人约定，待会来此品尝农家菜。再前行，已至山中。草木高深，砂岩坦露，几无去路，细细查探，似有踏痕，循迹而行，横有大石，攀爬而过，方见两山夹角狭缝中，丛林隐秘浓荫下，高山倾斜低凹处，大石站立，清泉渗涌，缕缕细流，漫延而下，聚集成溪，缓缓悠悠，自在清澈。同行者情不自禁趴在石壁上，嘬了一口，曰甘甜沁脾，清清爽爽。转过身来，小溪潺潺，茂林修竹，众多野草繁繁密密，竞相生长；一条绿色的隧道，忽隐忽现在浓翠蔽日里。

　　同行者不禁欢呼，俯下身子，掬起水来洗濯，滑腻腻、冰凉凉、暑气顿消，神清气爽；定眼细看，一汪泉水在褐红色的砂岩上幽幽静静地流淌；横卧竖立、大小不一的石块将水流隔离成深深浅浅的水洼；常年的冲刷，粗粝的砂石变得圆滑；经年的浸润，浑厚的石块变得通透；鲜活的苔藓簇簇拥拥依附在石头上，给坚硬的外壁披上一层温柔的绿衣。水洼中，一颗颗砾石亮如白玉，一粒粒沙子清如稻米。脚下一块高出水面的小磐石边，一只褐红色的螃蟹探出头来，悠然爬向水边晒太阳。有人童心大发，想要伸手捉住它，还未触到，螃蟹早已迅疾滑入水中，钻进石底，不见踪影。一只斑斓的蝴蝶来来回回穿梭在绿丛野花间，忽高忽低、忽远忽近，半空中盛开的小花吸引它驻足，斑斑点点的阳光透射在小花上，映照着蝴蝶更多了几分魅惑。

　　不经意间，又有一只铜钱大小棕色的小螃蟹爬了出来，有了上次的经验，这次猛然出手，想要一把捉住它。没想到被它两只小钳子夹到手指头，陡然缩回手来，指尖上已留下两道深深的印迹，虽然没有破，可还是有点痛。于是改变策略，折了几根小树枝，伸进水中死死压住小螃蟹，再从侧面捉它出水；小螃蟹两只眼睛直直地突了出来，小钳子来回在空中挥舞，四对细腿上上下下极力挣扎，甚是可爱。大家很久没有见过野生的螃蟹了，一时来了兴趣，分头去找了，也想亲手捉一只。另一处较大的水洼处，螃蟹没有发现，小鱼仔倒是蛮多、通体通明、聚集一团，还有几只手指长的虾米、前半身铁锈一般的颜色，后半身逐渐变黑；身前伸着两只长长的小钳子，悠然游走。用手去捉，小虾向后哧溜跑远了。三番两次、鞋子衣服全弄湿了，一只小虾也没有捉到；有人想出一个办法：用盛水的透明杯，特意放在小虾退后的路线上，装作从前面去捉，小虾一逃跑，自然就跑进瓶子里了。此法果然奏效，一时捉住了好几只小虾。大家兴奋不已，围在一起观看瓶子中的小虾，几只虾被困在杯中，早已失去了刚才的悠然状态，仓皇失措地乱窜，上上下下左左右右前前后后地相互踩踏，试图冲出这一层薄薄的玻璃。惊恐中，有只虾的长钳子不知什么时候断掉了，大家刚刚的兴奋劲一下子消退了，赶紧把它们放回水洼，一入水中，它们慢慢又恢复了先前的自在状态。

鱼虾在水里自由戏嬉，草木在山中蓬勃生长，清风在旷野盘旋低回，山石在林间静默蜕变。

离开小溪，去约好的农家吃饭。小院内几只鸡在草中啄食，一只小狗黏着人撒欢，有头快要下崽的母猪哼哼唧唧地叫着。闲坐竹屋，心平气和，神情自若，五柳先生曰："久在樊笼里，复得返自然。"

2018 年 7 月 8 日《珠江商报》，《中山日报》APP

行花街

　　"年卅晚，行花街，迎春花放满街排。妈妈笑，爸爸喜，人欢花靓乐开怀。朵朵红花鲜，朵朵黄花大……"稚趣的童谣唱响在广府地区的大街小巷，岭南过年的民俗传统"行花街"欢欢喜喜地提前开场了。

　　冬日的暖阳温柔地打量着悠闲的人们，追随着他们的脚步缓缓游走。满街的花卉苗木粘住了行人的目光，一片姹紫嫣红抚慰了劳顿整年的身心；微微的风挟着清幽的花香飞扬弥漫，徐徐浸入鼻息，洗涤沉积许久的哀怨，萌生除旧迎新的心念。"行花街"又称"游花街""行大运"，是从古至今珠江三角洲居民相沿已久的民间习俗。粤人素性爱花，加上气候暖湿、种花方便、城乡许多人家，久有种花养花之习。据清代康熙年间编纂的《顺德县志》记载："汉有扶荔之宫，宋有异花之献，置堠传送，皆自南海。意即斯乡（陈村）。"自西汉起，岭南就已经是种植花木的重地。每届新年岁首，赏花之风大兴，品鉴之余，往往买下自己中意的花木带回家，期望来年的日子像花一样美好；以"花"为主的集市应运而生，"行花街"成为集体的狂欢。

　　年橘是每年花市的主角，因它的成熟期正值春节，故得名"年橘"。高高矮矮的年橘有的收拢丰腴的腰身，挺起粗壮的枝干，盎然一树绿叶，炫耀似的缀满累累的果实，如贵妇一般洋溢珠光宝气；有的恬然生长，旁逸斜出，疏密有度，圆润的身材里探出颗颗饱满光洁的金橘，如孩童一般活泼可爱。"橘"通"吉"音，有大吉大利、吉到运到之意，家家户户都会带回一株，图个好兆头。与年橘争宠的自然是种类繁多的花，有傲然怒放的万寿菊，鲜艳夺目的富贵菊，洁白淡雅的栀子花，红肥绿瘦的海棠花，冰肌玉骨的水仙花，眉目娇羞的玫瑰花……一朵朵、一枝枝、一筐筐、一盆盆……咦！快看，一群蝴蝶飞来了。红的、黄的、粉的、紫的，红中透着白、黄里带着紫、白内染着粉，一簇簇、一丛丛、一群群，伸展羽翼、翩翩起舞、嬉闹花间，观者屏息细看，唯恐惊飞了这满枝的蝴蝶，它们却一动不动了。原来这是从台湾引进的蝴蝶兰。栩栩如生的造型，几可乱真的颜色，俘获了无数游客的心。跳跃的心情尚未平复，又被端庄典雅的"花中之王"牡丹掀起波澜了。株株牡丹宛若大家闺秀，一袭绿色旗袍，包裹婀娜多姿的身形，饱含古典淡雅的风情，几朵欲放还羞的花儿，安然掩藏在绿荫下，似有万千心绪，等待有缘人诉说。牡丹花朵硕大、色泽艳丽、花香浓郁、雍容华贵，唐代刘禹锡有诗曰："庭前芍药妖无格，池上芙蕖净少情。唯有牡丹真国色，花开时节动京城。"故又有"国色天香"之美誉，花开富贵之寓意。还有众多的花卉被赋予好的寓意，如五指茄，又名黄金果，因果形奇特，果色鲜艳，果面有多个不规则乳状突起，被称为五代同堂；凤梨花，四季常绿，花叶具有蜡质感，花序美丽多彩，最显著的是中间那红艳艳的花蕊，热情而奔放，被称为鸿运当头；因己亥猪年将至，原产于热带的食虫植物猪笼草意外走红，花形如一个捕虫笼，呈圆筒形，下半部稍膨大，笼口上有盖子，因形似猪笼而得名；寓意"猪笼入水"，财源滚滚。

行走花街，抒"今朝放荡思无涯"的畅快；徜徉花海，享"一日看尽长安花"的惬意。走累了困了，还有天南海北的美食等您品尝，有新疆的羊肉串，湖北的热干面，内蒙古的牦牛肉，湖南的臭豆腐……本地的美食也应有尽有，双皮奶、叉烧包、陈村粉……别忘了再带副春联回家："喜鹊登枝盈门喜，春花烂漫大地春。""行花街"是喜庆与狂欢的表达，是一种情感的宣泄，是民俗心理丰富的涵义：讨个"好兆头"。

2019 年 2 月 3 日《珠江商报》

扒龙舟

立夏，惊雷、骤雨、潮涌，龙醒。焚香、燃炮、响锣、鸣鼓，拜祭。

起—龙—唠！广东顺德容桂南山进士庙负责人，土生土长的七十岁陆生龙老人，高亢的声音穿透浓密的树林，响彻远方。几十条精壮的汉子虔诚地立在河涌边，赤裸上身露出鼓胀的肌肉，如伺机出战的勇士。起龙的声音尚在回旋，人已扑通通跳进河涌，激起丛丛的水花四处跳跃，搅动静静的河面波浪起伏。靠岸的浅溪处，大伙弯下腰来，双手浸入碧绿的水中，探明龙舟沉潜的位置，分列在龙舟两旁，握住船舷、十指紧扣、腹背发力，向上托举；岸边的人拽拉绑在船身的绳索，绷直臂膀、踩实脚跟、身体后仰；"一二一，哟呵！一二一，哟呵！"伴着激昂的号子，你托舷、我撬底、他拉绳，沉潜的龙舟渐渐浮出水面。岭南民谚："四月八，龙船透底挖。"端午节前，选良辰吉日把藏在河涌或池塘的龙船"起"出来，将沉积在船体的淤泥用瓢盆全部舀出，清水细细擦洗污渍，再薄薄涂抹桐油；潜藏已久的龙舟此时通体发亮，筋骨铮响，伏卧待发。

顺德的村庄，几乎都以社庙为单位，而且都会有龙船，每一条龙船皆与社庙紧密联系在一起，村民们深信自己社庙的龙船就是保佑自己的神龙，是整个族群的精神寄托和心灵慰藉，因此每年端午节要进行盛大的扒龙船活动，团结宗亲、敦亲睦邻，祈求丰收。此时，南山庙里威武的龙头怒目圆睁、龙角高耸、龙鳞参立、龙口张裂、龙牙突兀，俏健的龙尾曲线流畅，张力十足；恍惚间，呜呜的龙吟似乎在耳边响起，摇摇的龙尾仿佛在水中游弋。人们郑重地托举起龙头龙尾，将大束青翠的龙眼叶送入龙口，一上一下轻点龙头龙尾，拜祭神灵。拜祭完毕，众人抬着龙头龙尾，敲锣打鼓，穿街过巷，游走村落，进行"转龙头"仪式。

紧接着开始隆重的龙舟装饰活动。龙头龙尾最先出场，由经验丰富的壮年汉子精确安装到龙舟首尾，不能出任何偏差。二郎神庙顺龙堂的阿坚近年已继承了祖辈的娴熟手艺，将每一步骤都牢记于心，但仍谨慎地移动龙头龙尾，力求恰到好处地和龙身衔接；再于船首中间插上彰显社庙名头的华丽大帅旗，两旁分列锦缎头旗，船尾竖立鲜艳彩旗；然后依据船体长度，等距擎开高标罗伞。罗伞底色为纯红纯黄或纯黑，其上刺绣有飞龙彩凤八仙等，寓意吉祥；复设锣鼓唢呐置于船身，安放神龛于船体正中，最后在众人的簇拥下请出供奉在社庙的神灵端坐神龛里，整条龙舟装扮一新，浮游水面，静待出征。

龙舟出游还必须给龙舟"点睛"，据传不点睛的龙船为"盲龙"，快速扒行会"插沙"（意该龙船失稳会直冲河床插入沙底，除鼓手外会全部消失），故龙船要点睛才能保平安大吉。陆生龙老人用毛笔满蘸朱砂，高声唱和：一点眼睛，风调雨顺，国泰民安；二点天庭，吉星高照，鸿运当头；三点鼻子，和谐幸福，万家平安；四点口利，笑口常开，大吉大利；五点龙角，愿龙舟为我们带来健康、吉祥、如意！几笔点完，锣鼓齐响、锁啦高亢、鞭炮轰鸣、蛟龙欢腾、扒龙舟正式开始了。

粤语中"扒""划"同音，"扒龙舟"的"扒"就是"划"的意思，"划龙舟"为书面语，是龙舟竞渡的意思。一个"扒"字表现出岭南"划龙舟"特有的地域文化特色。顺德有文献记载的龙舟竞渡历史可以追溯到明代，据《顺德县志·梁元柱传》记载出生于明万历九年（1581）的梁元柱"尝观竞渡"；清初学者屈大均在《广东新语·舟语》中亦记载："顺德龙江，岁五、六月斗龙船。斗之日，以江身之不大不小、其水直而不湾（弯）者为龙船场。约自某所起，至某所止，乃立竿中流以为界，船从竿左、右斗，不得逾界。……"

咚咚咚、锵锵锵、嘀嘀嘀，锣疾鼓密唢呐悠长，船桨翻飞、浪花起舞、旌旗飘扬、龙舟游动、碧波腾跃。二三十个"龙船仔"穿着印制各自社名的Ｔ恤衫位列龙舟两侧，有的掌旗、有的划桨、有的打鼓……船头有人挺身站立，两手各牵一条细绳摇动龙头，威严的龙头左摇右晃，环视四周，神气十足；又有人手握旗杆、挥动大旗，漫卷水雾；更多的龙船仔两两平行而坐，在锣鼓的敲击声中攥紧桨板、肌肉突起、奋力划行，桨板时而入水、时而跃出，如尾尾游鱼在水中追逐；船尾还有一人摇动尾旗呐喊助威。河涌两岸群集的观众，你挨着我、我挤着你，纷纷涌向河边"睇"（看）龙舟，并大声为他们喝彩。得到鼓励的龙船仔，兴奋地抖动龙头，晃动船身，长长的龙舟上颠下簸，骚动不安，搅浑绿水清波，掀起大旋小涡。对面有龙舟游过来了，龙舟仔的欢快的情绪更加高涨，起劲地带动龙舟狂舞；待两船靠近时，桨手猛地用船桨撩起河水泼向对方，对面的桨手当然不甘示弱，激起更大的水花回击，顿时水珠如霰水雾如帘，从半空跌落，河涌的水混合天上的雨，将龙舟上的人浇得湿漉漉，没有人会恼怒，这是珍贵的龙舟水，浇的越多越开心。十七岁第一次做桨手的小龙只顾着泼水，没把握住平衡，噗地从龙舟掉落水中，慌张地扒着船帮直扑腾，惹得观众哈哈大笑。龙舟在喧闹声中划开水面，游向远处……

绿荫、碧水、龙舟，旌旗、罗伞、船桨，欢颜、笑语、人乐，扒龙舟这项传统的民间活动代代相传，岁岁竞演。

2020 年 6 月 25 日《青年作家》（揭阳公众号）《岭南文学》2019 年第 4 期

龙舟说唱

"龙州鼓响，唱四方，端午佳节喜洋洋。纪念屈原把龙舟唱，屈原爱国精神值得表彰，博学多才深受人民敬仰，精忠爱国精神永难忘……"咚、呛、咚呛、咚咚呛，锣响鼓鸣，一声清脆，两声急促，三声绵密，声声铿锵；正待竖耳细听却戛然而止归于寂静，蓦地何叔苍劲的唱腔悠然响起，音调厚重沉稳、高亢昂扬，似从幽邃的巷道穿越而出，携着古风粤韵，带有水乡氤氲扑面而来。

何叔大名何宏标，今年七十四岁，表演龙舟说唱已近六十年了。龙舟说唱又称龙舟歌，是流行于广东珠江三角洲和粤语地区的曲艺形式。之所以被称为"龙舟歌"是因为"龙"是华夏民族的图腾，广东地区主要以龙船为"龙"的主要表现方式；"龙"代表吉祥，"舟"代表风调雨顺。据《佛山历史文化辞典》载："珠江三角洲河涌纵横，人们都喜欢扒龙舟、赛龙舟，而且喜欢听龙舟歌，过去，一些被称为'龙舟佬'的卖唱艺人，手持木雕龙舟、胸前挂着小鼓和小锣，边唱边敲，沿门卖唱……"说起唱龙舟，何叔侃侃而谈，娓娓道来："唱龙舟形成于清乾隆年间，主要以清唱为主、说白为辅；内容以广泛流传的古典民间故事和传说为主，尤其以描述岭南地区的生活琐事见长，掺杂当地的俚言俗语。表演时，说唱人持一只上端架着木雕小龙舟的长棍做标志，胸前挂一副小锣小鼓，敲击节拍做间歇性伴奏吟唱，即所谓'一龙两锣三条棍'。'一龙'指木雕小舟，'两锣'指一锣一鼓，'三条棍'指支撑木雕龙舟的龙舟棍、竹管及敲鼓小棒……"

二十世纪五十年代生活艰苦，何叔只读到小学毕业就不得不开始务农，稍大一点在大良竹原里五金厂跟随铁匠师傅学习打铁，每天繁重的体力活累得何叔骨肉疼痛，常常难以入睡，只有听几句粤剧才能安眠。当时顺德龙江有位叫陈忠的老艺人，先天双目失明，但他记性很好，古书听过一遍就不会忘记，为了讨口饭吃，拜师学了唱龙舟。自此，开始游走在顺德的大街小巷茶楼酒馆，声情并茂说唱《八仙贺寿》《金星戏窦》《金叶菊》

等粤剧传统曲目，讨得赏钱维持生计。陈忠认为唱龙舟辛苦且卑下，于是自立规矩，从不收徒。一次偶然的事件，改变了他的想法。一九五九年夏日，台风猛烈地肆虐珠三角地区，陈忠的屋子在这次台风中被吹垮，无处安身。何叔闻听将陈老艺人接在自己家安住，陈老深受感动，遂将自己的心得悉数传给何叔。何叔这一唱就是几十年。

"龙舟说唱的唱词由起式、正文、收式三部分组成。"何叔呷了口酽茶继续说道，"唱词基本以七字为一句，四句为一组，且句内和句间讲究平仄，使其产生跌宕起伏，高低缓重的音乐感。表演用的木雕龙舟约长六十厘米；船身上有龙庭，分为上下两层，龙盖顶制作成元宝模样；下层有十三个手执船案的戴帽艄公，每行两个，排成六排，最后一排的单个艄公负责掌艄。龙舟上面竖有两支小红旗，正反两面为'风调雨顺''国泰民安'字样，船尾插着一支七星旗，意为避邪、挡落。在船身下方悬挂三到四厘米长的龙裙，用以遮住支撑龙舟的半条木棒。每个艄公的船案部位都用铁线暗串，拉动铁线，受牵引摆动艄公就会划起浆来。小锣和小鼓长约二十厘米，说唱艺人左手持小锣和小鼓，右手持鼓棍，一长三短鼓，五大一小点锣，用于敲击节拍和曲词押韵，不用其他乐器伴奏。腔调简朴流畅，富有乡土气息，宜抒情叙事。"

"请安静，唱支龙舟大家听，歌唱顺德物华天宝人杰地灵。顺德山清水秀好环境……"何叔痴心传唱龙舟歌，无论世事如何变化，始终如一。自七十年代起，何叔先后做过容奇振华白平生产队队长、容奇振华乡副乡长、振华实业资产公司总经理，直至正式退休后，自己出资筹建振华曲艺社，继续宣扬龙舟歌，永葆一颗对传统文化火热的心。为了适应时代的发展，何叔在保留传统说唱曲目的基础上对唱词加以创新，将时事内容编入唱词，如歌颂改革开放、香港回归、反腐倡廉、中国梦等对热点问题的宣讲，紧跟时代步伐，吸引年轻人参与其中。如今的龙舟说唱不再是沿街乞讨的工具，而成为人们日常生活中的艺术形式。何叔的龙舟说唱被邀请到各种大型活动中进行表演，吸引观众驻足聆听，赢得无数赞扬。

"中国梦，梦想成真就要向前冲，步入盛世千载难逢……"何叔身着蓝色长袍，左手提锣鼓，右手拿木棒，身前立龙舟，开口唱响龙舟歌；明亮的阳光下，挂在长棍上的锦旗随风摆动，绣有"龙舟说唱是国家级非物质文化遗产,已有二百六十多年的历史。"的大字格外鲜亮。为了"龙舟说唱"这门曲艺不会成为"绝唱",何叔在政府的专项资金支持下正在撰写唱龙舟的书籍,何叔本人作为国家级非物质文化遗产传承人的身份也正在申报中。"祈望国家富强江山稳如铁桶,民族尊严不可放松,主权完整山河一统,物阜民丰国运兴隆。"何叔洪亮的唱腔迸发而出,萦绕耳畔,直抵人心。

2019 年 12 月 28 日《禅城文艺》第四期,《佛山文艺》2021 年第 3 期

水韵红星

一

弯曲的河涌依着居民的屋脚缓缓地穿过红星社区流向远方，清清的河水悠悠地拂过河底长长的水草，成群的鱼儿追逐着水流的踪迹嬉戏。一片云彩跌落河中，引的鱼儿竞相争食；微风掠过，岸边的龙眼树、芒果树花瓣从高空纷纷跳下，加入鱼群的玩耍。瞬时，花舞鱼跃，浪花翻卷，清香弥漫，水汽氤氲，坐在岸边石条凳上休憩的陈阿伯瞄着水面的喧哗，会心地笑了。对岸的向日葵从居民的窗户探出胖乎乎的大圆脸，缀满黝黑的瓜籽粒，几只敏捷的翠鸟俯冲过去，想要啄两颗尝尝鲜，就要接近了才发现原来那是描绘在墙体上的图画；小鸟悠地转身，又飞向河涌，寻觅浮出水面的鱼虾。健壮的水牛破墙而出，套着犁铧用力耕耘水田，戴着斗笠的农人一手扶住犁，一手拽着缰绳，吆喝着前面的牛，绿油油的田地里显露出褐红色的肥沃泥土；两个顽皮的小孩学着大人的模样，骑在老式的加重自行车上戏耍，姐姐双手握牢车把，双脚悬空，坐在车座上，弟弟坐在后架上，小手紧紧攥住姐姐的衣服，咧开嘴大笑，纯真的童跃然浮出墙壁。墙与岸的开阔处，特意劈出数米空地，打造了龙舟创意平台：威武的龙舟破水而出，乘着浪花疾速而来；高昂的龙头怒目圆睁、犄角高挑、红口白牙，细长的龙身筋骨强壮、鳞片奓立、血气饱满，短粗的龙尾虬筋毕露、俏健有力、薄翼雄劲；船首插锦旗，船颈布罗伞，船中奉神塔，船后架大鼓，船末飘彩旗；簇新的龙舟浓墨重彩，自空而降，驭风而行。说起龙舟，还有一段民安社与丰榆社的佳话。当时，民安社没有龙舟，丰榆社就将自家已有 30 岁“高龄”的龙舟赠给了民安社。而今，这只 21.3 米的龙舟完好地深藏于龙华大涌红星段，见证着两社间的真情。20 世纪 90 年代末，民安社不甘于仅有一条龙舟，2008 年居民前往广州龙舟造船厂定制了 28.3 米的新龙舟，可承载 60 人；同年，还购买了 35.1 米的超长龙舟。有了龙舟，每年五月初六，民安社都举行红星游龙大会，特邀丰榆社龙舟来探访，参加的还有容桂、勒流、大良等地的龙舟；条条龙舟竞相媲美，个个扒手挥桨击浪，声声锣鼓铿锵震耳，串串鞭炮噼啪炸响，那时的场景热闹非凡，吸引周边数万群众围观。此时的民安桥底没有龙舟划过，只有桥边木制水车自顾自地咿呀转动，戽斗里的水从低处爬到高处，又从高处滑落低处，哗哗低语，似同陈阿伯轻声交谈着流逝的过往。

二

昔日的河涌沿岸，傍水而居的村民见缝插针搭建屋舍，挤挤挨挨拥在一堆，导致基础设施严重拖后；有人经常把垃圾随处乱扔、或者顺手扔向河面，生活污水更是直接流入涌内，甚至连粪便也排进河涌……塑料袋、空酒瓶、烂菜叶、枯树枝到处漂浮，烂砖头、水泥灰、破木板、旧家具四处堆积，机械厂、电子厂、印刷厂、纺织厂污染加剧；居民赖以生存的河涌经年泛着恶臭的气味，河水乌黑浑浊，鱼虾难觅，蚊蝇滋生，严重影响居民的日常生活。村改，势在必行！

首先要改的是嵌在社区里的工厂。2019 年初，经过前期的大量协调工作，容桂红星社区聚胜工业区旧厂房清拆正式启动。聚胜工业区内企业以小微边料企业为主，大多为低矮锌铁棚厂房结构，存在极大的安全、环保、消防隐患，且噪音、粉尘、废机油污染极大，必须进行升级改造。挖掘机、钩机、除尘车、渣土车齐头并进，随着机械的轰鸣，顶棚被撕扯成碎片，支架被折断为几截，墙体被掀翻作瓦砾，昏暗的厂房豁然开朗，显露出澄蓝的天空。仅仅 4 个多月的时间，社区完成了 400 多亩的厂房清拆项目，展现出村改工作中的"红星速度"。2020 年 11 月伟安科创园正式奠基，总投资不少于 5.5 亿元，工期预计 3 年。该工业区将以物联网、集成电路、人工智能等为主导产业，规划打造现代数字化产业园区，创造不少于 3000 个就业岗位，年纳税额不低于 5700 万元。回忆起 2019 年推进村改的点滴，红星社区冯剑华书记感触良多。她说："社区工作人员顶住了压力，啃下了'硬骨头'。"党委凝聚共识，拧成一股绳，在艰难的情况下推进了"村改"。犹记得，红星聚胜工业区内许多租户的合同期未到，反对意见很大。企业主经常来到居委会表达诉求，有些人甚至摔烂了几部手机。重重困难面前，

寻找家乡的故事 国霖画于顺德

她与其他社区工作人员一同深入一线，上门面对面解释政策，多次召开会议解答企业主的疑虑，及时回应企业主的诉求。红星股份合作经济社还制定了聚胜工业区村改三级奖励方案，免收工业区内 2019 年上半年的租金，并对提前移交租赁厂房的租户分三级进行奖励。为了协助企业做好搬迁工作，红星社区工作人员主动寻找社会资源，帮助企业解决新厂房的安置问题，让搬走的企业在新厂房能安心扎根。"社区上下一心，用心、用情、用汗水走好群众路线，党员发挥不怕艰苦、勇往直前的精神，为社区村改全速推进奠定了坚实基础，也让群众享受到了村改带来的红利。"冯书记坚定地说道。其次要改的是完善基础设施。科学规划垃圾回收点，实施垃圾分类管理，做到所有垃圾不落地；改造排水设施，实现雨污分流，尤其要革新厕所，所有排泄物要经过排污管道收集处理。在征得居民同意的情况下，对辖区 2.5 公里长的河涌沿岸墙壁彩绘活化，让古旧灰白的屋舍外墙变成一道亮丽的风景。将 6 处河涌沿岸的闲置地建设为供群众休闲娱乐的"口袋"公园，内植花草树木、配备休闲设施、党建宣传栏、供居民学习、游玩，让周边居民实现"出门即公园，推窗见风景"的舒适生活环境。出行道路也要改。红星社区位于容桂街道中心城区，总面积约 3 平方公里。辖区现有住户 5600 多户，户籍人口 17000 多人，其中非农业人口 15000 多人，农业人口约 2000 人，外来流动人口约 15000 人。老旧房子占绝大多数、人口密集、街巷狭窄幽长，有的路宽不足 5 米，且集中了市场、学校、祠堂等人口聚集性场所。在上下班的高峰时期，上班人群、上学学生、买菜居民，单车、摩托车、汽车，交织穿插、你拥我挤、混乱不堪，推搡、谩骂、争吵时有发生。压力巨大，困难重重，但道路必须疏通。"我们当初专门请华南理工大学的交通专家过来调研论证，根据居民出行习惯，做出的单行方案。"社区负责人讲。为协助红星竹林路实施单行顺利开展，又联合交警、环运对竹林路、狮山前路等单行路段开展占道整治，清理雪糕桶、石墩以及占道的物品。有一户人家的屋子刚好处于道路的拓宽处，工作人员多次登门拜访。起初，无论如何屋主都不答应搬迁，经过社区人员动之以情，晓之以理，苦口婆心地劝说下，屋主被工作人员的诚恳打动，最终答应了置换的方案。路通了，有了定岗的交警指挥，原来需要半个小时的行程，现在只需要五分钟了。路顺畅了，人的心情也舒畅了，见不到以前的堵塞了，街坊邻居见面都乐呵呵地打起了招呼。

三

清代举人胡宗穆在"桂洲八景"《东村烟雨》诗云："一望平原气郁葱，朝来山色自空濛。个中剩有晨耕者，回首荆门紫翠封。"描绘了昔日的桂洲美景，八景中有的已不可再现，但历史总会留下自己的踪迹。红星社区现有胡氏大宗祠、大神庙、包公庙等祠庙，有文塔、狮山、雨花洞巷等景观留存。

胡氏大宗祠为 2007 年新修建，位于外村新路容驷大街，据说当初可以容纳四马并驾齐驱而得名。胡氏家族在顺德、东莞、番禺等地拥有土地几十万亩，富甲一方，有"官高容驷马，才达大中华"的美誉。祠堂牌匾上书"胡桂堂"三个大字，据胡均培（胡氏第二十代传人）介绍，胡氏祖籍浙江，胡桂堂是胡氏第七代后人，宋末从南雄珠玑巷迁至桂洲，开枝散叶。其父胡廉访是进士，曾官至云南同知，相当于现在的副省长级别。其祖父胡铨，乃宋朝名臣，曾任枢密院副使，海南"五公祠"纪念的五公之一便是胡铨，《宋史》有《胡铨传》。从祠堂墙上胡桂堂后裔功名榜上可见，胡氏后人确实英才辈出。从明万历、崇祯，至清康熙、雍正、乾隆年间，共有文进士 4 人、武进士 11 人、文举人 35 人，武举人 62 人。其中有些是父子皆为举人，更为人们津津乐道的是胡氏"五子六登科"的故事。

大神庙是真武庙的俗称，供奉的主神是北帝。该庙位于桂洲外村狮山东麓，坐西向东，占地约 400 平方米。其建筑为三进两廊，中座和后座为硬山顶式屋顶，前座斗拱架梁。比庙始建年代不详，明朝正德年间圯毁，万历九年（公元 1581 年）重建，清朝康熙年间、嘉庆十九年（1815）多次重修，现存清代风格，阔三间 12.7 米、深三进 34.8 米、陶塑脊绿釉筒瓦，绿琉璃瓦当滴水剪边，青砖墙石勒脚。头门歇山顶，殿堂为抬梁式木构架，院落四合院式样。中座是北极殿，后座是紫霄宫，面积约 400 平方米。庙前原来建有棂星门牌坊，横匾："北极清都""三天世界"。牌坊对开是东溪涌，村民沿河而居，有东溪烟雨之胜。大神庙现为省重点文物保护单位。还有泰山古庙、包公庙、顺龙堂、二郎真君庙等多座庙宇，寄托人们对美好生活的向往。

文塔，即聚奎阁，其所在便是如今的容桂文塔公园。据说这七层文塔建于清乾隆五十九年（1794年），为在宝带河边的胡氏家族兴建的风水塔。乾隆年间，胡氏家族科举功名鼎盛，出了六个武进士，一个文进士。文比武少，遂筑文塔。以河为砚，塔即为笔，寄意子孙后代勤读诗书，博取功名，光宗耀祖。

文塔的建筑别具一格，极富文采。塔的周围原有围墙，门额上的花岗石匾长达2米，宽约60厘米，厚约20厘米，上书"四山群赴"四个逾尺大字，字为行楷，气势雄浑，为副贡生胡俊书所写，门额向着东南方。"四山群赴"意即狮山、翠竹岗、烟管山、扶宁岗这四个山一起奔赴这里。后来原围墙被拆去，"四山群赴"石匾被移至胡氏宗祠门前的石栗树下（现桂洲中心小学内），后去向不明。塔基和塔身均为六角形，基座至第一层的一半用花岗石筑成，接上去用东莞水磨大青砖建筑，砌砖方法与其他塔不同，为五行变一款式，开始是一顺一横（五行），接着是两顺一横（五行），到三顺一横（五行），到四顺一横（五行）。全塔高达36米，塔内原用坤甸木筑成楼阁和扶梯，每层正面的窗孔上方镶有花岗岩石额，分别题上字。由下至上，七层依次为"飞出上青霄""秀甲狮阳""聚奎阁""题名处""涵高下""凤鸣""灵照"。各题额字体不同，分属楷、行、草、隶、篆五体，皆为胡俊书所写，很有韵味，值得观赏。这些题词耐人寻味，寄托着人们对读书人的期望，与文塔的名字及周围的景物十分相衬，可说是文气十足了。

文塔经历二百年的沧桑，塔身仍异常坚固，但因年久失修，塔内之楼梯阁板废烂，损失殆尽。每层只剩横梁，檐崩瓦脱，寄生了不少小树野草，塔顶已破漏见天，塔基四周杂草丛生，小河淤塞，一片荒芜景象。1986年，镇政府为保护文物，美化家乡，便斥资50万元重修文塔，并将其扩展成文塔公园。其间，旅港乡亲胡锦超先生知悉，即慨然捐资30万元港币，乡中各界人士亦纷纷解囊襄助，历时年余，古塔得以重现光彩。

四

"一笔壮花洲，巨著全凭原动力；百年荣梓里，短篇独领火车头。"草明（1913—2002），原名吴绚文，顺德桂洲东村人，工业文学作家；曾任东北作家协会主席、辽宁省作家协会主席、全国政协委员、中国对外文化协会委员等，草明写中国产业工人的故事，矢志不渝地写了六十年，有《草明文集》六卷本留世。

1926 年，草明就"像在铁笼子里生长的兽类偷跑出来似地，开始好奇地在另一个世界里乱闯"（草明《自传（1934 年 3 月）》），并毅然离开了那所曾周密地保护过她的"宽大而空洞的房子"，就读广州，立足上海，投身延安，书写东北，咏叹北京，最终成为杰出的女作家和新中国工业题材文学的开拓者。她身上流淌着的一直是顺德人的热血；她心里挥不去的，一直是儿时故乡那"默默的忧郁"；她骨子浸染的，一直是顺德文化品质独特的精髓。草明的一生无疑都烙上了顺德文化深深的印迹。一是蚕丝情结。顺德机械缫丝业，当年是中国工业的先锋。草明出生在桂洲乡的东村，这是一个满嵌着鸽子笼样大小丝厂的小市镇，缫丝工业比较发达，少时阅历凝聚成的蚕丝情结和工业向往，草明对工业题材坚持不懈，"一听到机器轰响，就心花怒放"，简直被工业迷住。二是龙舟精神。滥觞于楚越文化的龙舟精神，是顺德精神的主旋律之一。身形瘦小、身体单薄的草明，却非要到工厂特别是重工业工厂去体会"工人们的集体主义精神，他们的坚决、勇敢和富于自我牺牲的优良品质"（草明《歌颂伟大时代里的英雄》），这是因为她的骨子里就有着龙舟精神，"昂扬上进、争雄夺锦、团结一致，共御外侵"之声融入其血液。1987 年授予的全国五一劳动奖章，与其说是对她工业题材作品成就的认可，不如说是对她这个南方人扎根东北十八年、着眼于未来的精神探索、"遵命"于现实阳刚之气的肯定。三是凤凰品格。由于顺德的社会形态长期受到多元文化物质架构的影响，所以顺德人就拥有着多元的物质与精神选择，他们的具有独舞九霄、遒劲婉丽、在每一次涅槃中自我创新的凤凰品格。作为顺德人，草明也不例外，她一直在现代突围与传统坚守之间，凤凰一样地独舞，飞腾。从沿着晒台爬上屋顶看云彩，到等在汶澜桥畔听缫丝女工们轻哼忧愁和怨恨；从求学反叛，到投身革命；从上海到延安，从东北到北京……每一次突围，都是一次独立觉醒和自觉改造；每一次突围过后，她都登上了一个新的高地。1995 年 5 月 11 日，82 岁高龄的草明向当时的顺德市档案馆赠送了 46 张珍藏照片，这组照片记录了草明 1936 年至 1992 年一些重要创作和交游活动，是顺德档案馆名人档案的重要组成部分。草明是"左联"的活跃作家，与丁玲、萧红等作家一样，她们受鲁迅先生影响很大。在研究鲁迅的重要作品《匕首与玫瑰——鲁迅与中国现代女作家》中有专篇《鲁迅与草明——她吃过先生的"奶"》，写到草明与鲁迅的交往，在草明赠送的照片中，我们可以看到 1936 年 10 月鲁迅先生的葬礼上，挽联上右边第一位便是草明。

毋庸置疑，顺德文化曾无形地深深滋养过草明，草明的作品，甚至"草明现象"也在无意识地诠释着顺德文化。这位顺德的女儿，一辈子写中国工人的故事，是顺德的骄傲。2013 年 6 月，中国作协在北京举办"草明百年诞辰纪念座谈会"，中国作协主席铁凝指出："草明是新中国工业文学的拓荒者和优秀的现实主义作家，她的名字已经与中国当代工业题材文学创作紧紧地联系在一起。"继北京纪念活动之后，顺德作协以缅怀本地先贤的名义，面向全国举办"顺德杯"中国工业题材短篇小说创作大赛，要求作家推动工业题材文学创作，彰显民族精神，弘扬中国梦想。此后，从 2014 年至 2020 年，先后举办了 6 届"顺德杯"中国工业题材短篇小说创作大赛。2017 年 11 月，在征得草明家属的支持下，又先后举办了三届"容桂总商会杯"草明工业文学奖。草明开创的工业文学道路得以在这片土地上延续发展。

五

2020 年 9 月 30 日晚 8 时，红星社区"'迎国庆·贺中秋'水韵红星·魅力乡村"启动仪式拉开帷幕。红红的灯笼挂起来，炫炫的彩灯亮起来，咚咚的锣鼓响起来，熙熙的人群乐起来。

流光溢彩的水面，六只装扮一新的灯光游龙，散发夺目的光彩，踏浪而来。龙舟健儿们敲锣、打鼓、吹唢呐、摇龙旗、扯龙头、摆龙尾，尽情释放心中的喜悦。游玩的居民一边观看富有活力的龙舟表演，一边欣赏沿河两岸的多彩夜景，还可以在传统文化展示区、社区文化展示区、文创市集等区域驻足观看。"顺德高质量发展大局已定，村级工业园改造搞得有声有色，政府牵头发号施令，抢抓机遇打造高质量发展强引擎……"高亢的声音悠然响起，75 岁高龄的本土龙舟说唱人何宏标现场演绎了原创作品《顺德高质量发展大局已定》。他创作的说唱内容紧扣顺德发展主题，歌唱美好生活。时任佛山市委副书记、顺德区委书记郭文海站在一旁听得十分认真，有感而发："村级工业园改造就如同一根扁担，一头挑着高质量发展，一头挑着乡村振兴。""村改"实现产业振兴，以产业振兴带动文化振兴和生态振兴，以文化振兴、生态振兴促进产业振兴，最终实现乡村振兴。红星社区党委书记冯剑华表示，未来红星社区将围绕"水韵红星"文化生活街做文章，沿着河涌建设村史馆、名人馆，以特色名店为依托，引入轻餐饮、民宿等业态，推动"美食＋文化＋旅游"融合发展，通过打造文旅项目，扩大社区影响力，吸引各方游客前来"打卡"。近几年来，红星社区先后获得了"广东省民主法治村（社区）""广东省健康促进示范村（社区）""佛山市十好和谐文明村居""佛山市'健康细胞'——健康村（居）（四星级）""顺德区村改攻坚先进单位""容桂街道村改攻坚先进单位""顺德区党建引领高质量发展示范村（社区）"等荣誉称号。

绚烂的灯光点缀着深邃的夜空，华丽的龙舟游弋在清澈的河涌，闲适的人们漫步在蛙鸣的岸边。经过改造后的红星社区，重现了"船在水中行，人在画中游"的岭南水乡风韵，红星社区正徐徐展开绿水青山的秀美画卷。

2021 年 11 月《佛山文艺·顺德文艺》第四期

均安曲艺无淡季，万家灯火万家弦①

12 月的第一个晚上，岭南小镇均安镇的中心广场上，华灯初上，流光溢彩，弦乐齐奏，粤韵悠扬。

这里正在举办均安镇曲艺大赛，来自均安各村（居）曲艺社和私伙局，合共 25 组选手登台献艺，交流切磋。台上，你方唱罢我登场，选手们各显神通。台下，观众们扶老携幼，或摇头晃脑跟着唱和，或心无旁骛沉醉其中，或交头接耳评点一二。

欧阳玉干坐在台下，虽然已是冬天，她的手心，背后都是汗。这只是一场小的比赛而已，几年下来，她带队的学生参加过许多场大大小小的比赛，可以说是久经沙场了，但是每次比赛她依然紧张，她太渴望孩子们取得好的成绩了。

因为她知道这些成绩的背后是多么的不容易。跟她同样紧张的还有镇曲艺协会常务副会长欧阳伟志，他紧张的倒不是选手的成绩，而是活动的成功与否。

欧阳玉干是均安镇童圆幼儿园的园长。曲艺在均安镇有着悠久的历史和深厚的群众基础，早在 1992 年便为广东曲艺界赢得"万家灯火万家弦"的美誉。然而，时过境迁，到二十一世纪，均安镇能说会唱、掌握曲艺绝活的曲艺人绝大多数都是老年群体，且缺乏规范，均安曲艺的发展面临着不小的考验。为了培育曲艺界的明日之星，均安一些有识之士倡议推行"曲艺传承从娃娃抓起"工作思路。欧阳伟志就是这些有识之士中的一个。那时候他就敏锐地看到曲艺事业人员老化的问题日益突出，只是简单提供维持曲艺社运行的经费还不够，相关的负责部门还应该考虑增加经费去培养新生代曲艺人员，以避免以后"青黄不接"。

说干就干。2013 年，欧阳伟志找到欧阳玉干，双方一拍即合。培养幼

---

① 本文作者为本书作者和方五四。

儿的艺术素养，传承传统文化，这个想法在欧阳玉干心里酝酿很久了。欧阳玉干经常讲她女儿的故事："我女儿李嘉琪从幼儿园到小学三年级性格都非常内向，偶然的一次机会，她画的一幅'我和爸爸'的漫画参加了均安镇第一届书法比赛并荣获一等奖，她开心极了，随后她的性格慢慢变开朗了。"从此，欧阳玉干开始鼓励女儿参与各项艺术活动，写作、演讲、美术类等，随着活动的开展，她的性格变得越来越开朗，艺术培养了女儿，换来了她的自信、开朗及敢于做事的胆量，还促进了她的学习。2014年，李嘉琪考入美国罗斯易安那州立大学兽医学院攻读临床兽医硕士研究生学位，也是该校该专业在中国唯一录取的中国硕士研究生。

双方很快开始合作，均安镇戏剧曲艺协会的粤剧专家培训师资，教幼儿园的孩子们唱粤剧，并成立了均安镇少儿人才戏曲培训基地。此后，为了开展粤剧教育，在镇文化站的支持下，幼儿园专门建造了1000多平方米的戏曲培训大楼，灯光、音响设备一应俱全。

说来容易做起来难。低龄幼儿注意力无法长期集中，很多孩子咬字都不太清晰，"走路都走不稳呢，怎么学习戏曲？"有的家长这样跟欧阳玉干说。孩子们对于戏曲了解也少，缺乏兴趣，怎样引起孩子们的兴趣呢？欧阳玉干和曲协领导、老师反复商量，最后决定找具有教育意义的粤剧题材，穿着戏服表演来吸引小朋友的兴趣，重点打造《华山救母》《春草闯堂》两个作品来吸引他们。

小朋友的兴趣有了，许多孩子主动报名学习，但是随着学习、训练的深入，另一个问题出现了——曲艺教学只能在学生第二课堂或放学后开展，这样就要占用小朋友的很多时间，有时训练到晚上六点多才结束，有些家长就有怨言，说学那个有什么用，甚至还有更难听的话，把教学的老师都说哭了。还有的家长嘴上不说，但是一到训练时间就给孩子请假，遇到这些情况，欧阳玉干只好跟着老师一起去给家长做思想工作，反复讲艺术教育的好处，传统文化传承的重要性。慢慢地，家长们都意识到了，也非常支持孩子们的学习和训练了。

一山过后一山拦。眼看慢慢出成绩了，欧阳玉干却发现更大的困难来了，资金紧缺、设备老旧、培训也跟不上。少儿戏曲培训走向何方？她心里越来越慌，她找到均安曲艺协会的常务副会长欧阳伟志，想找他商量一下下一步的工作。

那是 2019 年，欧阳玉干找到欧阳伟志的时候，欧阳伟志也正为协会的发展焦虑不安。两个人坐在协会的办公室，一边喝着茶，一边聊着曲协的发展和困境。

据史料记载，均安曲艺可渊源到清代道光年间，民间盛行的八音锣鼓柜巡游。其时，均安各乡普遍有在农历九月举行锣鼓柜巡游的习俗，锣鼓柜上摆设各式乐器，一路巡游一路吹打，每到一乡夜宿就落脚"开局"，为乡民表演。久而久之，由锣鼓柜巡游演变而成的曲艺活动在均安大地开出艳丽奇葩。到 20 世纪中叶，均安曲艺蜚声省港，一大批名伶名家相继涌现，广东戏曲界"四大名丑"之一的李海泉、有"生纣王"之称的罗家权、有"打锣王"之称的罗家树、粤曲四大唱腔之一"虾腔"的创始人罗家宝等就是当中的佼佼者，均安曲协至今也已成立三十年多年了。20 世纪 80 年代初，当时每个村居都有宣传队，那时能参加村里的宣传队待遇特别好，既能拿工分、吃的也比较好，所以有很多人想参加，但必须经过严格的挑选才能入队。宣传队主要是排一些现代革命戏如《山乡风云》《沙家浜》《红灯记》等，有很多地方专门请宣传队下乡表演；后来改革开放，慢慢允许演传统的粤剧和曲艺，可没过多久，因为改制的原因宣传队就被解散了。那些曾经的文艺爱好者就自己聚在一起唱粤曲（开局），正是因为有这样的基础，到了 90 年代初，均安镇的领导看到戏曲，是均安文化的一大特色，就让文化站牵头，成立均安戏剧曲艺协会，首任会长是欧阳祖添先生。他积极组织各村居的文艺爱好者，发动各界的热心人士给予支持，在村居里开设曲艺分会。鼎盛时期，有 15 个曲艺分会，会员人数达 800 多人。经过镇领导和曲协的共同努力，1999 年中国曲协授予均安镇"中国曲艺之乡"的称号，这是广东省内最早命名"中国曲艺之乡"的乡镇之一。

2006 年广东省首届青少年曲艺"明日之星"选拔赛在均安举办并永久落户均安，同时，均安被省曲协命名为全省首个"广东省曲艺人才培训基地"。十几年来，均安曲协培养了诸多曲艺爱好者，有十几位青少年获得了"明日之星"的称号，还输送了 20 多人到粤剧学校学习专业的粤剧知识，有的毕业后还到了省市专业团队工作；欧阳祖添会长还带领均安曲协参加国家级、省级、市级的曲艺赛事，获得多个金奖。均安曲协还被中国曲协邀请到北京参加汇演。

均安曲艺卅年的历史,欧阳伟志如数家常般娓娓道出。他和欧阳玉干聊起了他的过去,聊起了两人的结缘。童圆幼儿园成为均安镇少儿人才戏曲培训基地,他和欧阳玉干既是推动者,也是见证人。他们也见证了这些年来曲艺在均安人乃至顺德百姓心中的影响力与日俱增。眼下,又一个困难来了,协会发展需要资金,少儿培训需要资金,去哪里找钱呢?两个人喝着茶,对坐叹气。

转机发生在一次饭局。

2019年的夏天,均安曲协的副会长欧阳尚发参加一个饭局,兴许是主办方有意的安排,坐在他旁边的刚好是广东省德胜社区慈善基金会的项目经理谭婉琦。菜刚上桌,酒未三巡,寒暄未毕,饭才几口,欧阳尚发就起身,急匆匆地要走,同桌人都问其原因,原来当晚正好是曲协"开局"的时间,欧阳尚发要按时赴约,任何事不可耽误。这件事给谭婉琦留下了深刻的印象,第二天她主动找到曲协了解情况。得知均安曲协会员众多,活动丰富,运作规范,但也遇到人员老龄化、场所简陋化、设备陈旧化等问题后,谭婉琦建议他们申报德胜基金会的文化扶持项目。

随后,在镇宣办的指导下,均安曲协提出了"万家灯火万家弦"均安曲艺复兴计划,这一计划旨在通过强化阵地建设、活动(赛事)激活、人才培育等方向,活跃民间曲艺氛围,焕发传统曲艺新魅力,复兴均安"万家灯火万家弦"的景象,刷新"均安曲艺"名片保持不褪色。该项目在2019年、2020年连续两年获得了广东省德胜社区慈善基金会"和美社区计划"的资助。

有了德胜慈善基金会的支持,均安曲协又焕发了生机。协会将部分资金用来支持各分会的日常开销,并购买了一些新乐器,还对当地80多名青少年曲艺爱好者进行培训。有了新设备,有了培训,慢慢地,加入曲艺社的青少年越来越多,兴趣越来越浓厚。欧阳玉干的幼儿园里也添置了新的设备,对少儿的曲艺培训也走上了正轨。欧阳伟志对后继无人的忧虑慢慢消除。

"卖荔枝,身外是张花红被,轻纱薄锦玉团儿,入口甘美,齿颊留香世上稀……"一阵清脆婉转的声调打断了欧阳玉干的思绪。她坐直了身子,目不转睛地盯着台上。

台上正在表演的是她的爱徒何季蓉，这孩子从幼儿园起就开始学习粤剧，基本功扎实，嗓音清脆，《荔枝颂》是她的拿手节目，得奖应该是十拿九稳的了。

这次参赛里有多位她的爱徒，她几乎对每一位青少年选手都了如指掌。竞争很激烈，参赛选手中有多人都得过省级以上奖项，她相信爱徒的实力。

果然，比赛结束，她的爱徒欧阳颖琦凭借一曲《打神》得了金奖，何季蓉得了银奖，她和欧阳伟志隔着人群相视一笑，这笑容里有着历尽艰辛后的欣慰。

夜幕升起，星光闪烁，高亢的粤曲飘扬散开，落在屋顶、广场、河涌，大街小巷。

入选《中国社区公益的实践和探索——滋润乡村沃土的顺德故事》

第三辑

校园剪影

日常一课

周一，清早走进教室就看见讲桌上有份透明餐具装的盒饭，饭和菜用几个小格子隔开，有米饭、鸡肉、鱼肉、青菜，隔层里还留有蒸发的水珠，显然这份盒饭没有被打开过，但已经馊了，不能吃了。

上课铃响了，我并没有急于讲课，而是追溯起盒饭的由来了。为了继续防范疫情，学校规定学生不能出校门，午餐统一由食堂配送到教室，每位同学的午餐都精确到人，不可能多也不能少，是谁浪费了这份盒饭？"老师，是我。"有位男生怯怯地答道。"这么好的饭菜，你为什么没吃？"我追问道。"上周吃了四天食堂配送的饭菜，周五有些不想吃了，就去买了杯泡面吃，盒饭就剩下了。""剩下没关系啊！你下午可以打包拿回家热一热再吃。放在这里，经过周六周日两天，完全馊了，这么好的盒饭完全浪费了。不说做饭的师傅为了你吃上安全卫生的饭菜，尽心尽力做好每个环节，就说这一粒米至少要生长五六个月才能成熟，这块鸡肉要喂养三个月以上才能端上餐桌，这些鱼块要经过多少双手才能到我们的嘴边，然而我们仅仅因为不喜欢吃就让坏掉了，难道不值得我们反思吗？不亲身经历不知道其中的艰苦，'90后'、'00后'的你们，现在基本不用干农活了，体验不到'锄禾日当午，汗滴禾下土'的辛劳耕种，更体会不到'谁知盘中餐，粒粒皆辛苦'的真切呼唤。"

说到激动处，不禁想起了自己20世纪90年代上高中时的情景，那时还不是人人都能吃饱肚子的年代。每天的吃饭是定量的，早上一个混合着玉米面和麦子面的大馒头，就着咸菜下咽；中午拿着自带的搪瓷碗，露天排着老长的队，挤到大锅前，饭堂师傅抡起大勺，连菜带汤还有少许的面条一股脑扣进碗里，肉是没有的；端着碗、找处人少的地方蹲下，几口就下了肚。正是长身体的阶段，总也吃不饱，还想吃碗面，但今天吃多一碗面，明天中午就要饿肚子了，咽咽口水告诫自己该离开饭堂了。晚上还是吃个大馒头，实在饿了，抓把从家里带的炒面（把干面粉放锅里炒得焦黄，装在口袋里，带回学校），用开水冲成糨糊状，喝炒面糊糊充饥。三年高中结束，严重营养不良导致胃出血，住进医院。现在，我们的物质极大丰富了，大家都开始挑食了，但我们要记住过往，珍惜当下。明末清初的教育家朱柏庐在《朱子家训》中讲道："一粥一饭，当思来之不易；半丝半缕，恒念物力维艰。"希望这份馊了的盒饭给大家以警示，不再浪费粮食。

"知道了，以后我会注意，老师。"那位男生歉意地答道。"好！不只是你，我们大家都要懂得珍惜粮食。这就是今天的课程！"

2020 年 10 月 18 日《清远日报》

校园的绿色

校园不大，绿色盎然。

踏入校门，椭圆形的办公楼前，两株高大挺立的木棉树分列两旁，树干挺拔，树枝蓬勃。早春季节，满树的木棉花渐次绽放，红的似束束燃烧的火把，点燃校园的天空，激发青春的活力；木棉花花期长达一个月，即使跌落地面，形色依旧，傲骨铮然；待木棉树褪却红色的戎装，换上清新的翠衣，撑起浓密的绿荫，微风中树叶哗哗作响，如向每位师生致意，欢迎来到校园。办公楼连接着教学楼、实训楼和图书馆，形成天然的四合院，中间有条迎宾大道，沿路遍植大王椰树，一字排开，夹道生长。大王椰树单干直立，除根部突出众多小拇指般的根须外再无旁支，光溜溜的身躯直抵树梢，顶部的羽状复叶向周边极力抻开、长达数米，如倒置的狼毫尽情在空中抒写诗意；叶子脱落时，树身会留下鲜明的疤痕、层层叠叠、交替更新，记录成长的阳光雨露。办公楼与教学楼的夹角处，仅十几平方米的空间，白玉兰树娴静地安居于此多年。繁多的枝丫、依次伸展，茂密的树叶、错落有致，清丽的兰花，幽香浮游。"一棻不曾容易发，清香何自遍人间。"伏案劳累之际，苦思冥想之时，几缕清香悠然而至，神清气爽，茅塞顿开。紧挨着教学楼，俊俏的细叶榄仁树，依偎着结实的教学楼，叶相触在楼台，根紧握在地下；树的枝条粗细不一，伞骨般逐次撑开，环状轮生、层次分明，沿着光阴的轨迹生长蔓延；翠绿的小叶片如绿色的蝴蝶停落枝头，清风徐来，蝴蝶上下翻飞，左右摇晃，身姿曼妙，仪态万方。曾几何时，因树枝不断地撞击教学楼，树被齐头砍断，成为裸露伤疤的木桩；也曾担心它会就此死去，但没过多久，它又顽强地蹦出新枝，抽出嫩叶。教学楼对面的实验楼旁，丛生的四季桂花经年常绿，树形低矮，分枝稠密，簇拥成团，椭圆形的叶片挤挤挨挨，缀满枝干，拱成圆球形树冠；平常的日子从它身边走过，都不太留意它的存在，待仲秋时节、月圆之夜，桂花怒放，陈香扑鼻，寻踪觅迹，方识珍品；不禁大为赞叹，沉寂是为了积蓄馥郁，持久释放。李白有诗云："安知南山桂，绿叶垂芳根。清阴亦可托，何惜植君园。"古希腊人也把桂叶编成"桂冠"献给诗人和竞技的优胜者；1615 年，英国王室把选拔出来的优秀诗人称作"桂冠诗人"；奥运会赠竞技优胜者"桂枝"以表示非凡荣誉。图书馆前婆婆的凤尾竹，分株丛生；竹干颀长，支干纤细，竹叶秀丽，通身葱茏；晓风微拂，沙响颤动，摇曳生姿，如碧玉的凤凰展翅起舞，似纯真的少女翠衣蹁跹。携书静坐竹下，轻声细读谢朓的《咏竹》："窗前一丛竹，青翠独言奇；南条交北叶，新笋杂故枝。"岂不惬意快哉！四合院的地面由常绿灌木九里香筑成篱笆，其株姿优美、枝叶秀丽、花香浓郁；屡次修剪，形成高约六七十厘米、宽约四五十厘米的绿色围栏，圈住四块大小基本相等的草地；毛茸茸的草地上零星散落南洋杉、蒲葵、冬青、剑麻等高矮胖瘦的各色品种，显得繁多而又不失雅致。满院绿色竞翠，溢出天空，吸引众多的鸟儿来做窝、孵化、啁啾……青青绿荫相伴，朗朗书声响亮，谆谆教诲谨记。

出四合院，迎面而来高大粗壮的芒果树，手拉着手，肩并着肩，环绕操场一圈，似温厚的长者守护生命的成长。芒果树为常绿乔木，高达数米，叶薄革质，丰盈饱满，浓翠蔽日，盛花期在春节前后，花小而多，呈黄色或淡黄色，圆锥花序；五月份至七月份是芒果成熟的季节，大大小小的果实缀满枝头，在阳光的照耀下由青涩蜕变为橙黄，颗颗香气弥漫；随手采摘，汁水迸溅，香甜可口。芒果树遮蔽的跑道上，充满活力的学生在奔跑，跳跃；如茵的足球场，激烈的赛事进入关键时刻，传球，射门；巍然的榕树旁，篮球对抗激战正酣，过人，上篮……深绿的糖胶树为他们喝彩，嫣红的紫荆树为他们欢呼，鲜绿的凤凰木为他们歌唱。

绿意盎然的校园处处绽放青春的色彩。

2020 年 10 月 18 日《清远日报》

处处闻渔唱

国霖画于旺陆

我是老师

"小时候我以为你很美丽，领着一群小鸟飞来飞去，小时候我以为你很神奇，说上一句话也惊天动地……"每当听到宋祖英以深情的歌喉赞颂无私奉献的老师时，我却往往不能被这动听的声音所感动，因为我厌恶老师。

我厌恶老师！我的母亲是老师，她做了一辈子的乡村教师，留给我全部的印象就是匆忙。以致在我的少年时代，我不记得吃过几次母亲做的热乎早餐。因为她每天天不亮就起床，摇醒还在酣睡的我，让我自己穿衣洗脸，她忙着喂猪喂鸡喂猫喂狗；忙完这些，天已经大亮，早已到了上学的时间，仓促间顺手抓两个冰冷的馒头，她一个、我一个，啃着馒头，急忙赶往学校。从清晨忙到傍晚、从月初忙到月末、从年初忙到年终，从青年忙到老年。由于是不在编的民办教师，她的收入非常微薄，20 世纪 80 年代初每月只有 15 元的工资；以后的几十年间虽然增长了几次，也不过是从 30 元增长到 120 元。岁月流逝，30 年过去了，她终于转为在编的公办老师，每月可以有近千元的收入了，而她也在转正的第二年退休了。亲眼看着母亲在老师的这个职位上，在清贫与操劳中一天天老去，我暗暗告诫自己这辈子我不要做老师。

我厌恶老师！在我童年的记忆里，被老师狠狠地打过两次。一次是与体育老师顶嘴，被老师一脚踢飞，飞出去好几米远，彻彻底底来了个嘴啃泥。当我满身沾满泥巴站起来时，又是一脚，将我直接踢进路边的冬青丛中，我站都站不起来了。在乡村的学校中，这样的事很平常，没有什么惊讶的，即使我的母亲也在这所学校，照样要挨打。另一次挨打，是因为写字时将发展的'展'写错，多写了下面的一撇。语文老师让我在清洁卫生的扫帚里挑了一根最粗的拿给他，恨恨地敲打我的头。一边敲一边还问我，打得对不对？我痛得眼泪都流干了，仍要回答：打得对，打得好！至今清楚地记得，那次我的头上起了五个弹球般的肿包。

从此，我便厌恶了老师，害怕了学习，放逐了自己。由初中到高中，记不清自己逃过多少次课，记不清自己有多少门课不及格，记不清在学校的操场上荒废过多少时日，记不清在昏暗的录像厅里度过多少天？就这样，在无所事事中，我高中毕业了。挚爱我的父亲看着颓废的我，无奈地选择了提前退休，好让我顶替他到工厂上班。我没有觉察父亲眼中的失落，无限憧憬地做了一名工人。然而，现实却给了我重重一击，每天劳累的工作几乎将我打垮。几天下来，我已不堪折腾，大病一场。这些倒还不算什么，由于知识的匮乏，我经常在精细的操作中错误百出，导致产品报废。工长近于责骂的批评、工友近于嘲讽的抱怨、车间主任近于苛刻的惩罚使我充满了挫败感，同时也对自己失去了信心。直到那时，才真真切切感受到读书的重要性，不掌握一定的专业知识连一个合格的工人都做不到。浑浑噩噩之中挨过四年的工人生活，再学习的念头愈来愈强烈，我毅然地辞掉了工作，不顾父亲愤怒的目光、深切的失望，重新踏上求学的道路。

我进入某所大学的自考班，第一次感受到学习原来是件非常美妙的事情。也许只有失去过才知道倍加珍惜，我如饥似渴地汲取知识，克服自己基础差、底子薄、领悟力不高的困难，认认真真听取每一堂课，踏踏实实做好每一次笔记，反反复复记忆每一个知识点，虔虔诚诚向老师请教每一个问题。一年半的时间，我参加的考试全部一次性通过，取得了汉语言文学专业的大专毕业证。捧着鲜艳夺目的大红证书，我已是泪流满面，在求学道路上迈出了最艰难的一步。初次的成功激励了我向更高的境界进取；之后，我又考取了本科，在大学里度过生命中最充实、最快乐的四年时光。也正是在这段时间，给了我与众多老师朝夕相处的机会，给了我悉心聆听专家学者授课的机会，令我醍醐灌顶、茅塞顿开。我被老师们那渊博的知识所折服，不倦的教诲所感动，逐渐地、改变了我对老师这个职业本身的看法，尤其是我大学时的班主任薛桂文老师对我的影响最大。记得有一次，我的胃病犯了，当我无意中说起时，薛老师立即邀请我到她家里吃饭，并且亲手给我煮一碗热腾腾的酸汤面，让我填充肚子暖暖胃。吃完饭，她还将自己的胃药拿给我服用，那时薛老师就像慈爱的母亲一样，细心地关爱着自己的孩子。这件事让我心存感激，对老师这个职业的看法有所转变。读书期间手头非常拮据，几乎到了难以为继的程度，又是薛老师及时地给我提供勤工俭学的机会，使我能够继续追逐我的梦想，这彻底地改变了我对老师的态度。再以后，我又考上了研究生，有幸遇到几位教学严谨而又宽厚为人的老师，指引我在学术专业的道路上不断探索，慢慢地心中滋生出做老师的想法。百转千回之间，如今的我算是子承母业，真的成为一名教师了。

"长大后我就成了你，才知道那支粉笔，画出的是彩虹落下的是泪滴，长大后我就成了你，才知道那个讲台举起的是别人，奉献的是自己，长大后我就成了你，我就成了你……"我是老师！我将以我的曲折经历告诫我的学生，务必珍惜眼前的学习时光，千万不能荒废青春年华；我是老师！我将以我的亲身体验引导学生，不再重蹈那些坎坷的成长之路；我是老师！我将激励我的学生，为实现自己的梦想而认真读书；我是老师！我将与他们一起经历风风雨雨，一起成长；我是老师！我将以我的所学倾力奉献给学生……

爸爸的工地，妈妈的高楼

从我 3 岁能记事起，就和爸爸妈妈从四川泸州龙马潭金龙镇草坝村老家去了广东肇庆。那时我太小，不能带到工地，只能一个人整天待在出租屋内。没有人管我，直到今天我都奇怪为什么我可以不哭不闹在屋子里待那么久，也许一整天我都在等待爸妈从工地回来吧？ 6 岁以后上了小学，我就会自己照顾自己啦！洗碗、打扫屋子我基本都会干了，这样爸妈在工地上就不会担心我了，我觉得这也算是为父母减轻一点负担吧。

我最高兴就是爸妈带我去工地，看着爸妈在我身边就很满足。别的小孩子可能是在幼儿园里玩各种各样的玩具，而我的玩具就是水泥。我可以用它捏一只小兔子，一个苹果，一把凳子，最喜欢的是用各种零碎的建筑材料搭建屋子。那些材料一点都不规整，我常常被弄破手指，血水直往外流，我感到疼痛，哭起来。爸妈总会赶过来，看着流血的地方说句："没事，过几天就好了。"再拿起我的小手在他们坚硬的手心帮我吹伤口温凉的微风从爸妈的嘴中呼出，仿佛一股仙气，从我的手掌拂过，顿时就不痛了。现在，我哪怕受再大的伤、受多大的痛，都不会流泪，只要想起爸妈吹出的"仙气"，所有的疼痛都会消失。

10 岁那年，我跟着爸妈来到佛山，没待多久，工程完工了，又去了中山、珠海。爸妈要去工地，我待在出租屋里看只有几个台的电视。看着窗外渐渐长高的大楼，我知道是爸妈让它们长高的，那里有爸爸的工地，妈妈的高楼。我想我也长大了，该为他们做点什么了。

我去市场买了几样青菜，全部用油炒了，蒸了一大盆米饭，统统装入小桶，盖上盖子，拎在手上沉甸甸的，给他们送到工地上去。

在建的楼房都还没有装电梯，只有吊笼，我不敢去坐。我提着饭菜从坑洼不平的楼梯一层一层走上去，走了三十四层楼。我记得爸妈在这一层楼干活，可除了钢筋水泥脚手架怎么也找不到他们。我有些发慌，又从上到下，一层一层地去找他们，还是没有找到。我很沮丧，脚开始发软。看看手里的饭菜，想想爸妈还没有吃饭，我忽然又有了力气，再从一楼一层一层地找了上去，终于在第三十二层找到了他们。

我不知道是什么促使我两次爬了三十多层的高楼，看到爸妈满足地吃着我带来的午饭，我就感到很幸福。回到出租屋，我还要给爸妈洗衣服，他们的衣服都很厚实，我要用力搓洗，换好几盆水，再一点一点地拧干，晾晒。

如果在工地上，我会背砖块和水泥帮爸妈干活，一干就是一整天。累了，拿张纸壳垫在刚打好的水泥地上就可以睡觉了。睡梦中身下的高楼蹭蹭地自动往上长，爸妈轻松地操纵着按钮，楼房就起来了。

不知睡了多久，桃子的清香从远处飘来，我以为回到了四川老家，门前那棵桃树上的桃子已经成熟了，姥姥会给我摘桃子吃，嚼碎了放进自己的嘴，满满的汁水，甜甜的……"起来啦！吃桃子了。"不知什么时候妈妈拿出三个桃子，我、爸爸、妈妈一人一个就坐在砖头和水泥间吃完了香香的桃子。

如今，我 15 岁了，又来到了佛山顺德，我要读书了。我选择了一所职业技术学校，读计算机专业，以后我要让爸爸妈妈坐在整洁的工作间内，按动按钮，一座座高楼就直接 3D 打印出来了，再也不用到工地辛苦地干活了。

2021 年 9 月 12 日《佛山日报》

守护一个人的高考

初夏，天气异常炎热起来，与此同时，广佛地区新一轮新冠肺炎疫情来袭。入夜，电话突然响起："明天早上来学校开会。"容不得有丝毫疑问，通话结束了。

第二天，会议室。"有位新冠密切接触者 L 考生安排在我们学校参加高考，叫大家来，就是商议如何做好这场特殊的监考。"吴校长说，"这是我们应尽的责任和义务，在做好防护的前提下，我们愿意承担此次任务。"参会的老师纷纷表态。

由于不是专业的医护人员，老师们首先要学会如何正确穿脱防护服。套上防护帽、拉紧 N95 口罩、戴牢第一层乳胶手套、消毒，穿内层的隔离服、再穿外层的一体式防护服、消毒，戴第二层乳胶手套、最后戴上防护面罩，消毒。人如被层层包裹的粽子放入屉笼里闷蒸，汗密涌出、呼吸困难、行动笨拙，没多长时间人已经憋得难受，急切想要脱下防护服。没想到穿的时候难，脱的时候更难，要严格按照顺序一件一件小心脱下，且每完成一个动作都要记得消毒，稍有疏忽就可能将自己暴露于危险之中。

6 月 7 日高考正式开始。有了之前试穿防护服的经验，再穿就顺利了很多。看着镜子里变得臃肿的身材，探访外太空般的装扮，我却没有任何心情对自己笑一笑。第一科的语文考试前后长达 4 个多小时，对自己的身体和意志来说将是极大的考验。为了预防自己要上厕所，特意穿上了成人用的尿不湿，虽然从早上起床就不敢再喝一口水，还是担心憋不住。铃声响起，"出发！"双手捧着试卷，走向试室。

L 考生倒是淡定从容，健硕的身材穿着短衣短裤，洋溢着青春气息。经过安检，径直走向考场中央只为他而设的座位。安静地坐下来，看了看周围的环境，从准备好的文具袋里拿出要用的文具。"可以上厕所吗？"L 考生问。"当然可以。"我回答，"出考室门右转走 20 米左右、再右转，有专门为您提供的移动厕所。"再次安检，L 坐回座位，准备开始考试。"可以喝水吗？""可以。你稍等，马上为你送过来。"L拧开瓶盖，抿了几口。"请监考员发放答题卡。"广播里传来了指令。两位监考员按照考试程序发放答题卡、试卷，考生进入答题状态。

热，异常闷热！浑身上下无处不在冒汗，贴身衣物全部湿透，紧紧黏在皮肤上；急，呼吸急促！也许是紧张，也许是来回走动，也许是口罩箍得太紧，感觉呼吸不到足够的氧气，人有些窒息的感觉，仿佛身处高原一般。只能快速地小口小口地呼吸，但还是心跳加速，呼吸紧张，快要晕厥。渴，不停地出汗，体内的水分几乎被蒸发干净，嘴唇开始干瘪；之前准备的纸尿裤看来是多余的，根本没有一点尿意，且在汗水的浸泡中变得膨胀，糨糊般粘住小腹。真想一把拽掉勒在口鼻的口罩、撕碎厚实的隔离服、扯开纸尿裤、畅快地呼吸、大口地喝水、自如地走动，但理智告诉我不能这样做。"相信自己，可以的。"我暗暗对自己说。找凳子坐下来，极力平复自己的情绪，恢复正常的呼吸，让自己尽快平静下来。汗水仍在流淌，身上的衣服湿了又干、干了又湿，像条刚从水里捞出的毛巾贴在身上。静坐一会，身体的状态慢慢正常了，呼吸平顺了很多，心跳渐渐平缓。明亮的阳光不知什么时候探入考场，默默地陪伴了考生好久，又悄悄地溜走了。小鸟也在浓密的树丛间为考生送来清脆的歌唱，知了也来凑热闹，可能怕打扰到考生的思考，只叫了几声就飞走了。时间在流淌，L不停地在试卷上写下自己的答案，有时偶尔停歇下来，短暂思索，再次奋笔疾书……

第一场的考试结束了，脱下防护装备，衣服上满是腥热的汗水，双手被泡得发白，脸庞也被压出深深的印痕，但我很欣慰。

几天来，医护、公安、教育、防疫、后勤等50多人为了这一个人的高考而忙碌，三天的高考结束后，L考生走出的考场的那一刻，深深地弯下腰，向他们鞠躬致谢，也感动了所有人。少年，你镇定自若从容应考；不仅解答了卷面的难题，也为自己的成长交上一份满意的答卷。愿你历经千帆，如愿以偿。

2021年6月13日《佛山日报》

荆棘花开

> 荆棘天生有刺，坚硬锋利，近者伤，不被人所喜爱；其本性桀骜不驯，
> 韧性十足，孤傲独立，不合于群；花开不易，冰清玉洁，淡淡清香，幽幽沁脾。
>
> ——题记

"你有没有良心。"我怒不可遏地向程程喊道。当她的教练又一次告知我，程程无故缺席训练，压抑已久的心情瞬间爆发，冲着她发起火来。为了她这个"坏女孩"，我承担了很大压力。我曾承诺她可以改变并且可以变得更好，可是她似乎并没有珍惜这来之不易的机会，旧态萌发。想起近一年来的相互接触，发生在她身上的故事如电影般一幕幕在我的脑海闪现。

还记得第一次来到我的班上，我如介绍明星般郑重地向班上的每位同学介绍她的傲人战绩：从校级田径冠军、街道级田径冠军到区级田径冠军，一路斩获无数的荣誉，在汗水铺就的赛道上一次次显露自己的锋芒。全体同学在一片愕然中给了她最热烈的掌声。在那一刻，她一下子就赢得了全班同学的尊重与接纳。可是，只有她和我清楚，她正处在退学的边缘，被我拉了回来。

虽然她在赛场上取得骄人的成绩，但她桀骜不驯的性格却使她有时难以被容忍。尤其是在原来的班级，尽管她的班主任对她非常呵护，可是仅仅是多说她几句，她就不再听从班主任的安排了，甚至怀有严重的抵抗情绪。学校开运动会，本来是她一展身手的时刻，她却故意和班主任怄气，一个项目都没有报，班级的最终排名也受到严重影响，同班同学对她也产生了很大意见。日积月累，境况进一步恶化，再也不能呆在原班级了。而她依然我行我素，以致到了退学的边缘。

我比较喜欢运动，经常在运动场上看到她矫健的身影，欣赏她追风逐箭的步伐；同时我也知道，练田径是很辛苦的，每一次成绩的取得都要付

出超常的耐力与毅力；既然她可以承受训练的艰辛与痛苦，她也可以以同样的精神磨炼自己的品德与素养。出于对每一位学生的不放弃，出于对"女刘翔"的偏爱，我决定让她来我班，尝试去感化她、改变她，驯服这匹"野马"。

当我讲出这个想法时，周围的人没有几个赞成的，认为程程已经是秉性难移，无法改变了，这更激起了我的好胜心，我坚持试一试。

德育主任专门找到我，问我是否确定接收程程到自己的班里。他讲，对于程程这样屡教不改、我行我素，依仗有点特长就自以为是的学生，应该给她纪律处分，不能使她认为自己具有特殊身份，在一个班待不下去就可以转到另一个班，如果她还是一副玩世不恭的样子，就应该劝其退学。

她的教练听说她要转到我的班，也来与我沟通。讲她如何不按时训练，即使来训练也是漫不经心、极不认真，不能按照教练的计划系统训练，经常找各种借口逃避；说她几句，就闹情绪，且在重大比赛中不执行战术安排而失去冠军。当她获得荣誉时，也不懂得最感谢的人应该是每天陪伴她的教练。

最后，连校长也找我谈话。告知程程是一个比较特殊的学生，如果转到我班，一定要注意方式方法。她的叛逆性很强，压力越大反抗力就越大，这种性格的学生引导得正确，就会取得成就，反之，则会产生副作用。

我知道我背负了一个只许成功不许失败的难题；我承诺了一个前途未卜的明天；我选择了一颗带刺的荆棘。

初到我班，我首先给予她充分的尊重，想让她找回自己做学生的尊严，打破固有的"坏女孩"的观念，培养她良好的习惯。只要她能不迟到，不早退，上课认真听讲，训练踏踏实实，我就在全班同学面前表扬她、激励她，并鼓励她坚持下去。又让她担任班上的体育委员，为大家做好大课间活动的各项准备工作，赢得同学们的信任。慢慢地，她自觉地维护自己的形象了，做每件事都比以前认真、用心了；同时，由于她在同学们中的"光辉"形象，无形中对她起了监督作用，也使她不敢懈怠，努力做好每件事。

树立她的信心之后，我着力要改变的是她待人的态度，与她约法三章：第一，见到老师要问好，无论是科任老师还是教练；第二，与同学要友好相处，相互帮助，相互照应；第三，要常怀感激之情，感谢父母、感谢老师、感谢教练、感谢同学，只有常怀感谢之心才能赢得别人的认可。

要想彻底改变她，不但要发挥她的长处，更要弥补她的短处。我平心静气地像朋友一样和她交流，告知她目前她正处在学知识的关键时刻，在刻苦的训练中，更不能忽视文化课的学习，要把自己在跑道上不服输的拼劲引用到学习上，平衡发展，只有这样才能有更大的发展，使自己立于不败之地。

也许是我的措施起了作用，也许是她真正明白了自己是时候改变自己了。总之，经过一段时间的改造，她取得了很大的进步，变得懂事多了。又一次的校运会来临了，她主动请缨，报满了所有可以参加的项目，带领全班同学在校运会上拿下我班历史上的第一个团体冠军。紧接着的期中考试，虽然她仍然有好几门功课不及格，但我知道，她是认真对待考试的。刚刚考完，她就来到我的办公室对我讲："老师，对不起！我没有考好，辜负了你的期望！但是，我已经尽力了！"听到这样的语言，我感到了一丝欣慰，虽然她还有很多不足之处，但她已经在改变了。

可是，好景不长，我又听到了教练讲她无故缺席训练，忍不住发起火来。她赶紧向我道歉，保证以后绝对不会了。等我稍稍消了怒气，问她原因，她这才对我讲，训练实在太苦了，她有些支持不住，所以就找借口逃避训练。我耐心地对她讲，知道刘翔吗？他每天都在重复简单而又刻苦的训练，并且坚持不懈，他才能站在世界之巅、傲视群雄。如果总是想逃避，就不会有任何成绩。今天，我陪你去练，把昨天缺席的训练补回来。

青青的草坪、长长的跑道、她矫健的身影疾步如飞，在夕阳的余晖中，追赶那一抹最红的阳光。我欣喜地从心底喊道："加油！继续奔跑吧！你的跑道将在自己的脚下愈来愈宽广，祝你在人生的道路上同样获得一次又一次的冠军！愿你的人生之花热烈开放！"

林老师的心事

　　尚未进入容桂文化艺术站，悦耳的演奏声已扑面而来，二弦、竹提琴、高胡、椰胡、大笛等诸多乐器合奏鸣响，时而悠扬、时而高亢，舞台上容桂曲协团长林少雄老师正在教授众多曲艺爱好者练习演奏粤剧曲目。演奏的间隙，林老师坐下来靠在椅子上稍微放松一下紧绷的神经，右手拿起放在脚下的瓶装水，抿了几口，环视着认真训练的学员，会心一笑。

　　这一场景来之不易，自新冠疫情爆发以来，他苦心经营数十年，平日人来人往的文化站变得冷冷清清，无奈他常常独自一人面对摆放整齐的乐器发呆。自1997年来到容桂文化站，参加群众文化管理工作和青少年曲艺培训工作，记不得多少次他奔走在容桂的各个社区，普及粤曲知识、教授粤曲爱好者。为了更好的地传承、发现和扶持艺术新人，从1998年开始他每星期进驻容山小学培训广东曲艺，培训了一批又一批的曲艺新苗；尤其是寒暑假，大批的学生涌入文化站，睁大了眼睛盯着各式各样的乐器，心中充满了好奇，那些美妙的声音是如何发出来的。有一个叫醒醒的小孩给他留下特别深刻的印象，他的妈妈几乎是拽着他来到文化站的。瘦小的身材，呆滞的目光，倔强地要挣脱拉他的手掌。李老师亲切地俯下身子，握住他的手，把他的手指放在琴弦上一拨，清脆的声音立即使他安静下来，他怔怔地看着眼前的乐器和林老师，眼中放了些许光亮。林老师从他妈妈的手中接过他，拥到怀中，和他一起坐在琴凳上，手把手地按动琴弦，优美的旋律瞬间迷住了小朋友，他自己情不自禁地玩了起来。他妈妈告知林老师，小孩本来学习很好，可上了初中以后，不知怎的变得越来越叛逆，不愿和父母交流了。为了联系方便，给他买了一部手机，没想到他迷上了打游戏，从此一发不可收拾。只要一回家，就把自己关进小屋子，不吃不喝、没日没夜地玩游戏。有时半夜起来，他屋子的灯还亮着，第二天过了中午才起床，匆匆吃口饭又开始玩游戏。说多几句就是吵闹，学习成绩更是一落千丈。老师和他谈过多次话，也和我们沟通过多次，甚至去看心理医生，可就是不能把他从游戏的泥潭中拖出来。收掉他的手机，断了他的网络，他就要死要活地闹，实在没有办法。"小区里有个孩子在你们文化站学习，我亲眼看着他从内向变得开朗活泼，就想来你们这里试试，看看能不能把他从游戏中解救出来，即使少玩一点也好。"林老师听完了小孩的故事，心头一紧，信息化时代，太多的小孩子、甚至成人沉迷于手机游戏、抖音、微信等，而中国传统的优秀文化却面临后继无人的困境，怎样把他们从虚拟的网络世界中吸引回现实的精彩世界，是个迫切的问题。想到这里，他再次回头看了看小醒，他已经在自顾自地弹奏叮咚的声音了。

与外面专业绚烂的舞台相比，林老师的办公室简直可以用寒酸来形容。一张简陋的小圆桌，几把塑料椅子，木制的老式办公桌上有台打印机，靠墙的立柜里放满了各种粤剧资料。林老师刚刚拿起新的剧本准备再仔细推敲一下其中的字句，办公室的门被推开了，邓老师来了，她是来商议学员参加比赛、更新乐器的事的。

邓欢愉老师是 2002 年进入曲艺团的，那时她的生活出现了一些变故，整天不愿意出门，心灰意冷不知道做些什么事，心情更是消沉到最低点。偶然的机会，她被人领着去听粤剧，那华美的服饰、优雅的动作、昂扬的唱腔、娓娓的唱词击中了她的心，她的心跳竟有些加速，嘴巴不由自主地跟着哼起来，她喜欢上了粤剧。起初她在卫红社区跟着老戏迷练习，虽然也学到一点粤曲的基本知识，但总是不得要领，直到进入容桂曲艺团。相比其他人，她几乎没有基础，只是凭着对粤曲的热爱坚持下来。林老师发现她好学、肯吃苦、领悟快，就用心地教她，唱功一天一天地进步，一月一月地提升。林老师看到她的进步，有意锻炼她，让她把自己所学再教给初学的学生。听到这个消息，邓老师有些惊慌，但看到林老师肯定的目光，她明白这是林老师对她的信任。对于教学她没有任何经验，更不懂得怎样教学，她只有一边请教林老师，一边消化吸收，再把自己的领悟教给学生。开始时还算顺利，教授过程基本正常，可是当邓老师遇到小雅后难题来了。小雅的声音很好听，也很用心学习，然而怎么教她都不能发准唱词的音调。邓老师想了很多办法教学，她先唱一遍，小雅再唱一遍；她和小雅一起；其他小朋友唱，小雅跟着唱，无论怎样，小雅总是唱不准，这可难住了邓老师。要回家做饭了，邓老师去菜市场买菜，几声嘎嘎的鸭子叫声引起了她的注意，她留意到鸭子叫的时候总是伸长了脖子，头部一伸一缩，喉管的肌肉一张一弛，嘎嘎的声音就传出了老远。邓老师脑海了突然有道灵光闪现而过，她想到了教小雅的办法了，菜都没买，急冲冲赶回家做实验去了。

第二天，她让小雅用手摸着她的喉咙示范演唱给她，发声时她的喉结随音调的高低长短不断变换着，有时仅仅是肌肉的紧张程度不同、部位不同、发出的声音却是相差甚远，邓老师再让小雅摸着自己的喉咙演唱相同的唱词，找出发音不同的部位和用力程度；小雅是试着做了几次，效果很好。连邓老师都不敢相信，小雅的发音经过短短几次的训练，竟然恰好地发出了唱词的音准。多日来的难题解决了，师徒俩高兴地拥抱在一起。此后，小雅的唱功突飞猛进，成为粤剧演唱的佼佼者，并且和其他小朋友入选了侯宝林杯全国青少年曲艺大赛广东赛区决赛，获得金奖银奖多个。容桂曲艺一时轰动，弹丸之地竟能培养出这么多优秀的粤曲新人。直到这个时候，林老师、邓老师才感到辛苦的付出没有被辜负。如今，又一批的新人要登上舞台去参加比赛，可是原有的设备已经不能适应当下训练的要求了，要更新设备费用巨大，不知从何处筹款。

"德胜基金会的扶持下来了！"人还未到，海尾曲艺社社长梁润珍的声音就传了进来。"这个德胜基金会是公益基金，每年都会扶持顺德的各项公益事业，还有支持传统文化的传承，以后我们都申请，发展我们的曲艺事业。"梁老师不停歇地一口说道，"这可真是好消息，会帮助我们解决不少难题。"林老师、邓老师振奋地挥了挥手，招呼急匆匆赶来的梁老师。如今的梁老师精神饱满、干劲十足、对曲艺事业尽心尽力，之前的她可不是这样，林老师想起梁老师的故事。

梁老师虽然是地道的上佳市人，但她的童年、青少年时期是在广西度过的。当年"大跃进"支援边区，她的父亲被分派到广西一家糖厂工作，一家人便相随到糖厂。那时粤剧在广西也相当盛行，许多地方都有演出。当年只是五岁的梁老师，被奶奶带着去听红线女的名曲《柴房自叹》，这是她对粤曲的初次体验。没想到，几十年后，她自己也会站到这个舞台上。成年后珍姐回到顺德工作，入职上佳市居委会。居委会的工作繁杂琐碎，各种统计工作使得她的视力严重下降，身心疲惫。2004年退休后，珍姐加入上佳市曲艺社，从唱曲的基本功学起。其他人一看曲牌名便能合着节拍开唱，可珍姐总是记不住曲牌，往往和乐队的师傅"撞板"，闹出不少难堪的场面，但是只要站在台上就不怕面子问题了。梁老师敢于不断尝试坚持学习，终于在2006年容桂曲艺唱家大赛初获成功，这极大地鼓舞了她，使她更加有信心投入到粤曲活动中来。在她自己取得成就的同时，她还带领曲艺社行走在各村、镇间及珠三角地区交流学习。她以上佳市康乐中心作为活动基地，坚持每周日晚安排两个多小时的曲艺活动。无偿组织活动梁老师乐此不疲，每次的曲艺活动都是历练的过程，其中的乐趣就是最大的收获。慢慢地，以前工作中的急躁和委屈在曲艺演唱中不断得到消解，她的心态越来越好，几乎忘掉了年龄，精神越来越好、想唱就唱，就这么一直快乐地唱下去。

"咿呀！"一声嘹亮的唱腔打断了林老师的回想，他的思绪又回到眼前。有了德胜基金的支持，林老师不必为资金的担忧了，他筹划除了更新设备，他还想在原有击乐班、扬琴班、中阮班的基础上增设演唱班，吸引更多的学员放下手机，拿起乐器，传唱粤剧，发扬传统文化。想到这些，林老师的心事又多了起来……

第四辑

人文印记

龙的传人

天昏、地暗，风起、雨落，街僻、巷深，墙灰蒙，瓦褐红，窗泛白，青木独立，栅门虚掩，行人冷清。

顺德容桂北潮直街低矮的工坊内，梁叔端坐窗前，借着天井投射的亮光，一凿一刀，一挖一挑，一刮一削，倾心雕琢龙颜渐现的木墩。屋子从前往后直入数米深，细长狭窄，幽静深邃，宛若孤舟隐匿江湖。屋内满满当当全是物件，仅留一人通行的过道。脚下各种木料杂乱堆放，充斥角角落落，随手可及；墙边一侧，各式工具参差不齐叠放于工架，锯子、斧头、墨斗、量尺……紧挨着工架，虎钳、电刨、钻床、砂轮……依隙置入，占据房屋大半面积；另一侧，靠墙竖立高高低低大大小小的展柜，虔心安放精心制作的蛟龙。为首金龙，头高昂，角斜刺，须多立，眼圆睁，口大开，身弯曲，鳞闪亮，爪锋利，踏祥云，欲乘空；威风凛凛，桀骜不驯。正惊叹于工艺的细腻，雕刻的生动，突然耳边传来吱吱呀呀机械传动的声音。次位尊龙，摇晃龙头，挥舞龙爪，摆动龙尾，衔悬龙珠，喷涌龙泉，身披彩霞，蜿蜒游走，穿云腾雾，悠然飘忽，乘风似去；英姿勃勃、霸气侧漏。观者心随意动，身同龙起，恍若空中；冥想间，咚咚咚的锣鼓声响起，末位龙舟，逐浪而来：众多桨手，排列两侧，短袖赤膊，奋力划动；船贴水面，飞速疾驰，幡旗招展，锣鼓铿锵，唢呐高亢，欢声喧闹；龙舟模型安全按照端午赛龙舟的情景，依照一定比例再现当时的盛况，活灵活现，栩栩如生。

20世纪初，梁锦全在此地开办锦记木铺，雕刻家具、建筑木构件、龙舟等，其儿子梁明坤自幼浸染其中，习得木雕工艺，业余协助父亲雕刻龙舟。20世纪80年代，民间赛龙舟活动开始复苏，从柴油机厂退休的梁明坤遂潜心制作龙舟，开设木工工艺店，制作龙舟配件和龙舟模型，并在父传木雕技艺的基础上，结合模具生产的技术手段，推陈出新。梁明坤的儿子梁海英，从小受父亲的熏陶，喜爱并继承了这一工艺，且融入现代科技，声、光、电互动，创作更符合现代人审美观的新型龙舟。一条龙、三代人、数十年，

鄉愁從歲月中走來　貳零壹伍年初秋國森畫於恆德

只做一件事。2016年"龙舟雕刻技艺"被评为顺德区非物质文化遗产。

　　梁叔站起身来，细述制作工艺。龙舟制作分为龙头、龙尾制作。东汉王充《论衡·龙虚篇》说："龙之像，马首蛇尾。"因此，龙头龙尾的制作在吸取传统木雕手法的基础上，充分结合线条刻画技巧，如在雕刻龙头面部时，在须、眉、脸颊等处，加入曲线和圆形符号，避免大面积的平面雕刻，使上颚、鼻子等轮廓突出，以营造龙头龙尾的动感效果和立体感。做龙舟模型一般选用直径30厘米的老樟木，接着要经过开料、放样、造型、雕刻、成型、打磨、着色、装饰等工序，最后，还要为船首的龙头装上鼻球、龙须、龙舌、龙珠，这样才算完成。部件细小，操作艰难，精度要求极高，稍有差错，前功尽弃。从事这项工作，要全心投入，经年磨炼，高度耐心，安于寂寞才能铸造一条祈求风调雨顺、幸福安康的龙舟。梁叔的目光爱抚地掠过一件件心血之作，它们蕴含日月光华，承受千凿万刻，感受暑寒雨露，饱含希冀向往，整装待发。

　　电闪、雷鸣，鼓急、幡扬，龙腾、舟跃，水荡漾、人欢畅、市喧闹，龙游碧波、舟行河海，瑞气弥漫。

2018年10月14日《佛山日报》

你在哪里过年

　　树披着陈旧的绿色，摇晃着身子，枝头的叶子在风中抖动，偶尔有几片树叶飘下，被顽劣的风赶向远处。虽然身处岭南，但毕竟是腊月，入夜有些寒意。一棵枝叶稠密的糖胶树旁，以做羊肉为主的店里涌来了食客，吃顿羊肉、驱逐寒气，温补身子。

　　老夏和几个朋友也来吃羊肉了。圆桌的中心，煤气燃烧出的蓝色火焰，正贪婪地舔舐着砂锅底，锅里煮的羊排已经不安分起来，随着煮沸的汤，一根一根地探出头来又沉潜下去，翻滚出汩汩的汁水，蒸腾的热气如浓雾般弥散开来，鲜美的羊肉味直扑鼻息。"来，吃！"不知谁说了一句，围坐在桌边的客人马上抄起漏勺从滚烫的锅里捞起肉嫩骨滑的羊排，蘸上混合着紫苏、香菜、大葱、剁椒等调料的酱汁，几口下去、肉烂在嘴里、香留在齿间，再端起酒杯、喝一口火辣的白酒，顿时肠肚温热，微汗渗出，身上暖和了许多，大家的话匣子也打开了。

　　"你们在哪里过年？"老夏开口问道。

　　"先说说你吧？"同桌有人答道。

　　"我？我从广西来佛山二十多年了，当年以无所畏惧的精神来到这里，工作、成家、生子，我在教育行业工作，我的爱人在医疗系统工作，一转眼就快要退休了。以前过年还经常回去看看，不过老家认识的人越来越少了；今年儿子研究生毕业，工作也在这里，刚刚和本地的女孩结婚了，今年我们一家人就在这里过年了。"

　　"你已经在这里扎根开花结果啦！"老商抿了一口酒，接着说道："我从江西来佛山也近二十年了，和老夏一样，揣着一颗火热的心来到这里，慢慢在这里生活下来了，夫妻俩都在教育系统工作，女儿现在在香港读书；老家还有兄弟姐妹，相互约好了，每年都要在老家聚一聚，聊聊一年来的状况，为了这一年一次的团聚，今年仍要回老家过年。"

　　"好！虽然身处他乡，但亲情不能忘记，这个聚会好！"周全迅速咽下一口羊肉，出口喊道。

"我也说说我吧！我当初从湖南来佛山，就是看中这里的发展比家乡好，这一来也十几年了，和大家一样，现在主要生活在佛山了。今年还生了二胎，上有老下有小，分身无术，不能回老家，只好把老妈从家乡接过来，总算一家团聚。没想到丈母娘又生病了，只好让媳妇回到她的老家照顾她母亲，我自己待在这里照顾老小一家子。"

"不容易啊！有喜有忧，这就是生活。"老夏感叹道，"来，继续吃东西，羊肉、羊蹄、羊血还有淮山、冬瓜、青菜，大家一边吃一边说。"

桌上的炉火烧得红彤彤了，锅里的汤跳跃着要溢出锅沿，噗噗噗地响。"小雪，你是佛山本地人，从小在这里长大，说说这里怎么过年的？"老夏问道。

"在这里过年你们慢慢体会，我今年要和男朋友去四川过年了。"小雪说，"我是在腊月出生的，所以我的名字里有个'雪'字，但我很少见到雪。我的男朋友是四川的，今年我要和他一起去他的老家四川过年，希望可以遇到一场大雪。""祝贺你！找到心仪的男友，以后可以经常去四川看雪了。来！大家干一杯！"老夏站起来，端起酒杯和大家一饮而尽。不知是酒的作用还是暖和的缘故，大家的脸都变得绯红起来。

"小秦，说说你在哪里过年？"老夏追问一直没有说话的小秦。

"我想在佛山过年，体验一下这里过年的气氛。毕业之后，来佛山好几年了，每年都是赶回老家陕西过年，今年和老妈商量好了，想在这里过回年。逛逛花街、行行祖庙、看看舞狮、听听粤剧、吃吃美食。"

"你不仅是为了这些吧？"小雪说道"你是在这里找到靓女啦，要陪女友在这里过年，记得还有红包收哦！"哈哈哈！小雪的话引得大家都笑了起来。

吃完饭，街边的路灯已经亮起，糖胶树笼罩在橘黄的光晕中，神采奕奕。树身上挂着的一块说明牌，在灯光的映衬下格外清晰："糖胶树原产于亚洲热带地区（斯里兰卡）和澳大利亚昆士兰，对土壤的适应性较强，在低洼地、盐碱地、贫瘠山坡地、石砾地均能生长；中国广东、广西、海南、福建、台湾等地普遍栽培。"树下，有人在聊天，不知道在说什么，只清晰地传来一句"你在哪里过年？"

2019 年 2 月 9 日《佛山日报》《珠江商报》

源起毫末

——李小龙祖居探访

燠热的岭南到了深秋，桀骜的骄阳似乎温柔了几分，澄明的光线穿过层层叠叠云朵一般浓绿的榕树叶，斑驳地洒落在安闲的青石板上，不时有几片泛黄的落叶随风飘然而下，找寻遗漏在地面的点点阳光。不远处，矗立在李氏宗祠门前的旌旗哗哗飘动，钦点咸丰九年（1859年）探花李文田的功名碑在高阳下明晰可见，古朴的李氏宗祠依然保存着清代建筑的遗风。三进两廊，砖石结构，正脊两端有灰塑鳌鱼咬合，绿琉璃瓦当，滴水剪边，镬耳山墙，屋脊灰雕禽鸟吉祥花饰，门前台阶，石狮昂着两旁。祠堂大门上悬挂了一块醒目的黑底木牌匾，上书楷书大字"李氏宗祠"，木匾是李文田的嫡孙著名书法家李曲斋集李文田遗墨而成。"勋业西平望，文章北海风。"顺德均安鹤峰上村的李探花官至礼部右侍郎和工部右侍郎，一生致力于史学及书法，功名熠熠。

出祠堂右转，依山而建的民居楼无序地堆积在一起，高高低低、犬牙交错，围成一个不规则的口袋型，为了出行的方便，硬生生从中撕出一条弯弯曲曲的裂缝，形成一个逼仄狭长的巷子，阳光探照灯一般从狭缝中射入，形成一道道光的线条，或深或浅地画在裸露着的陈旧的石灰墙上。走进巷子，恍入幽深的隧道，一眼望不到通向何方；青石板铺就的路面凹凸不平、坑坑洼洼，墙面的张贴画风侵雨蚀，凌乱破碎，头顶是突兀压迫的阳台和蛛网般的线缆。向巷子深处走去，未知的探索迷惑着双眼，忐忑的心砰砰作响，这就是孕育了功夫之王李小龙的祖居所在吗？巷边杂货店煮的茶叶蛋咕噜咕噜地响着，任由浓郁的香气四处飘散，巷内空无一人，正不知去向何处，一张蓝底黄字的指示牌赫然闯入眼睑，李小龙祖居的牌子贴在一大堆花花绿绿的广告纸之上，以李小龙命名的小龙巷的牌子也清晰起来。无论如何惊诧，这就是李小龙的祖居了。再次右转，拐进一条更狭窄的小巷子，前行数米，突然有摩托车驶出，赶紧侧了身子，贴在墙上，摩托车这才穿了出去。继续漫步缓行，用眼光在高楼屋舍间搜寻，一处青砖灰瓦、木门侧窗的砖木结构民居映入眼帘，墙壁上李小龙祖居的牌子历经日晒雨淋字迹黯然，但仍不失遒劲。阳光斜斜地从空中穿射在古旧的墙壁上，低矮的屋子一半明亮、一半阴暗，愈显得小屋荒芜苍凉了。再走近些细看，砖是藏青砖、门是对开门、窗是直棂窗、瓦是天青瓦、无任何雕饰，无半点华彩，一切来得那么简单，那么直接，那么质朴，赤裸裸、光秃秃、直愣愣，委身在周围高大民居的阴影里，矮小、简陋、朴实、寒酸，若不是挂了李小龙祖居的牌子，恐怕无人相识。屋旁一位白发的老人安然地晒着太阳，静眼观望着闯入这片宁静的陌生人。

"武德龙溪锦世泽，英名鹤领振家声。"对联端端正正悬挂在门的两侧。"武德流芳"的横批高悬门楣，是对李小龙家族最好的诠释。一房一厅一厨一天井，四四方方、周周正正。祖屋为珠江三角洲地区传统的砖木结构民居，占地 51.8 平方米，是李小龙的祖父李震彪所建。李震彪，晚清时期广东顺德颇有名气的武师，佛山镖局镖师，他和李小龙的父亲李海泉等两代人曾经在这里居住过。客厅里几无家具，两张凳子、一座香案，孤零零守护在青砖铺就的地面上，一座木人桩挺立在墙角，使客厅顿然有了生机，仿佛听到曬曬哈嘿的声响，仿佛看到一招一式虎虎生威。一抬头，墙上悬挂着一幅千余字的李小龙生平简介和七八幅李小龙主演电影的大幅剧照，使这间小屋豁然明亮。客厅侧面有两个小房子，一个为卧室，一个为厨房；卧室同样简陋，一床、一箱、一桌、一凳，仅仅满足休息所需，别无其他；厨房也只有简单厨具，粗茶淡饭果腹即可。老子《道德经》讲："道生一，一生二，二生三，三生万物。"越简单的事物才能爆发无限的潜力。李小龙——功夫之王，以这间小屋为源起，将中国功夫传播到全世界。一代功夫巨星与这间隐匿在深巷街尾的小屋血脉相连。曾经这里是世界的角落，如今这里是世界的焦点，千千万万崇拜者朝圣一般拜访心中的"圣地"，与心目中的英雄感同身受、心神交往。

巷口的功名旗依旧招展，徐徐的秋风中隐约飘来几声曬曬哈哈的练习声，李氏宗祠的广场上几个小孩正在马步挥臂，刚劲有力地打着拳。蓦然间心中的惆怅飘然逝去，李小龙的一切，从这间简陋的祖屋源起。

2017 年 11 月 19 日《珠江商报》

多发光　少发热

　　近三年来，众多自媒体将此新闻推上头条。南昌大学江风益院士及其领导的团队，在 LED 领域另辟蹊径，走出了一条不同于国外的技术路线，实现了硅基 LED 中国创造。没想到，今年 6 月底我有幸见到了江院士。

　　当时参加一场会议，江院士就坐在我前面两三排的位置，中等个子、头发稀疏、面容祥和、时带微笑，淡蓝色的上衣、深色的裤子，既不是什么名牌也不是什么新衣服，但干干净净、清清爽爽，上衣的下摆还特意装进裤子，用黑色皮带勒住，显得庄重而严谨。会议开始，江院士立即专注起来，不时拿笔记录着要点。在等待下一个议程开始之前，会议有十分钟的休息时间，大家纷纷围了上来，要和江院士合影。江院士亲切地和每位要求合影的人照相，可谓来者不拒，我也没有例外，趁着空隙和江院士匆匆合了张影。十分钟的休息成了江院士的陪照相时间，直到会议再次开始前一两分钟，他才跑着上了趟洗手间。看着手机里和江院士的合影，高兴之余又有小小的不满意，因为人太多，照相时镜头前出现了几个人影，有些杂乱，有无机会再次邀请江院士和我单独照相？忐忑中会议结束了。当我走向江院士并提出再次合影的要求，没有丝毫犹豫，他直接走到我的身边站定。"等等，我们往会场中间靠一靠，这样能看到全景。"他和蔼地说。再次站定，就在要摄影的刹那，他主动伸出右手来，握住了我的手，我们就这样握着手留下珍贵的照片。

　　再见江院士，是他要从江西来广东顺德看望校友。八月，新冠疫情已得到有效控制，但岭南的天气正是湿热高温的季节。依然是那身淡蓝色的上衣、深色的裤子，亲切的如同刚下课堂的老师。江院士不顾旅途的劳累，不畏酷暑的溽热，一下车就和各位校友握手致意，落座后就开始听取校友的工作生活情况，没有任何多余的寒暄。近两个多小时的交流中，江院士不停用笔记录校友的点点滴滴，听到校友艰难闯荡时眉头紧皱，听到校友取得成绩时神情舒展。当然大家最关注的还是为什么 M 国要将南昌大学列入清单这件事，江院士略作沉思，一字一顿地说："'多发光，少发热。'二极管的发光与发热成反比，要多发光就必须少发热。这是我的座右铭，也是我们研发团队的奋斗目标。我们走自主研发的道路，创新硅基 LED 技术（世界半导体照明第三条技术路线），成功研发了多项（蓝光＋黄光＋绿光＋红光＋金黄光等）国际领先的高档发光材料、芯片及其系列产品和高端装备，批量应用于高端通用照明和专项照明市场，学校因此成为 2018 年被美国商务部列入其清单的第一个中国高校。'多发光，少发热'还有另外一层意思就是多做实事，少头脑发热。"愉快融洽的座谈会不知不觉中接近尾声，应校友强烈要求，江院士欣然题写"顺德校友，自信自强。"八个大字鼓励大家在自己的岗位上勤恳工作。

在去往珠海的路途中，我还在回味上午的交谈细节，坐在后排的江院士探过头来，问我有无加他的微信？我有些惊讶，从没有奢望加院士的微信，知道他太忙了，有太多技术的难题等待他去攻克，怎敢轻易打扰他。江院士竟然主动提出加一位普通校友的联系方式，对他的敬重之情不由倍增。安全抵达珠海，挥手告别江院士，"多发光，少发热"这六个大字始终在我脑海盘旋。

2020 年第 4 期《南昌大学校友》

侠之大者——黄飞鸿

佛山"肇迹于晋，得名于唐"，古称忠义乡。据《佛山忠义乡志》载，佛山乡民素来能征善战、勇略过人。至清末民初，佛山成为天下名镇，经济发达，尚武重义，名家辈出，习武者数以万计，日益成为我国南派武术的中心。

咸丰六年（1856年）七月初九，南海县佛山镇西樵岭禄舟村，黄飞鸿诞生于一个贫穷破落的家里，他的父亲黄麒英虽贵为"广东十虎之一"，可生逢乱世，一介武夫，空有一身功夫，唯以卖艺为生，穷困潦倒。黄麒英不想让儿子像他一样，日晒雨淋，东奔西跑；他希望黄飞鸿能熟读四书五经，考取功名，荣华富贵。

父亲用所有的积蓄把黄飞鸿送进了学堂，但黄飞鸿却并不喜欢私塾里咿咿呀呀的诗文，他的心思早已飞到热热闹闹的大街上，大街上父亲正在表演他的虎鹤双形拳，一拳一脚，动作紧凑，力道刚健，威武雄壮，充满气势；"虎爪则如猛虎扑兽，鹤翅则为凌空击水，浩浩如五爪金龙，盘盘如老僧入定，极神化之妙。"那时，父亲虽然艰难度日，但无疑是小黄飞鸿心目中的英雄。父亲的拳脚功夫、刀枪棍法无人能及，黄飞鸿不想念什么书，就想成为父亲那样的人，闯荡江湖，行侠仗义。

"虎父无犬子。"黄麒英发现强迫孩子读书没有用，无奈之下答应飞鸿和他学武功。黄飞鸿习武很有天分，父亲当年花费很长时间练习的拳路，只要教一遍，他就会了；黄飞鸿不仅领悟能力强，还能将所学拳术融会贯通，结合各种招式的优点，创新出独特的拳路。七八岁的时候，黄飞鸿就可以跟着父亲到佛山街头卖艺了。

十二三岁的时候，黄飞鸿开始在佛山崭露头角。"青出于蓝而胜于蓝。"黄飞鸿演出往往会吸引更多的人，游客们把黄飞鸿围得里三层、外三层，不断地为他叫好，鼓掌。一次，武术大师郑大雄也在街头卖艺。郑大雄擅长左手钓鱼棍法，他摆下擂台，和前来挑战的人比武，没有人是他的对手。

他在台上不停地叫喊，还有没有人敢上来和他比试的时候，年少气盛的黄飞鸿血脉贲张，一跃跳上了擂台。父亲大吃一惊，但阻止已经来不及了。

郑大雄以为这个莽撞的少年是来捣乱的，并没有把他放在眼里，但此时这位少年的眼中露出咄咄逼人的锋芒，一字一顿地说："我就是来挑战你的。"围观的人热情高涨，齐声为黄飞鸿的胆量叫好。郑大雄这才知道眼前这个乳臭未干的少年就是佛山十大高手之一黄麒英的儿子。

黄飞鸿对郑师傅的绝技棍法早有所闻，观察良久，决定用自己练习的四象标龙棍法尝试对付郑大雄的左手钓鱼棍法，两兵相接，功力自现。一个步步紧逼，一个见招拆招，风随棍舞，声追拳响，两人越战越勇，越战越狠。观看比武的人越聚越多，越聚越密，人头攒动，水泄不通。看客们都憋着一口气，心里为年少的黄飞鸿捏了一把汗。出乎所有人的意料，黄飞鸿以微弱的优势战胜了郑大雄，郑大雄心服口服，慨叹黄飞鸿初生牛犊不怕虎，后生可畏，来日方长。那一天，佛山的老百姓都记住了一个少年英雄的名字——黄飞鸿。

同年，黄飞鸿父子在佛山豆豉巷卖艺，快要结束的时候，突然看见铁桥三的高徒林福成被一群人追杀，黄麒英素来尊重为朋友两肋插刀的英雄好汉铁桥三，见他的徒弟被追杀，二话不说，拔刀相助。黄飞鸿协助父亲把对方打跑，林福成感激之余，认定黄飞鸿是练武之才，遂将自己的"铁线拳"和"飞砣"等绝技传授于他。数技在身，黄飞鸿的武艺更上层楼，甚至连父亲都不是他的对手了。

"英雄志在四方。"十六岁，黄飞鸿觉得自己羽翼丰满，可以去闯荡江湖了，于是告别家乡，来到繁华都市广州，夜宿一家客栈。半夜遭遇强盗打劫，黄飞鸿赤手空拳把手持刀棍的十几个强盗打得落花流水，一时被传为佳话。这是黄飞鸿来广州的第一次义举。此后黄飞鸿在广州继续卖艺，名声逐渐传播开来。当时广州的矿工生活在水深火热当中，常常遭资本家的欺负剥削，矿工们敢怒不敢言。听说了黄飞鸿的事迹后，就集体凑钱让黄飞鸿开了一家武馆，黄飞鸿的卖艺生涯也因此而终结。工人们忙时挖矿，闲时跟黄飞鸿学习武艺。两年后，开始有点名气的黄飞鸿又被果栏、菜栏、鱼栏中人聘为行中武术教练。

年轻人都有一颗不安分的心，总渴望四处闯荡，浪迹天涯。不久，黄飞鸿只身一人来到香港，香港当时为英租界。有个盛气凌人的英国人，时常牵着一条高大凶猛的狼狗在闹市叫嚣，说中国人是懦夫，没有人敢和他的狗比试。几个有骨气的中国人看不过去，与狗搏斗，都被那恶狗咬伤了。英国人更加肆无忌惮，高声叫喊中国人连狗都不如。围观的人惧怕那条凶狠的狼狗只能怒目以对，任由他嚣张跋扈。血气方刚的黄飞鸿怎会忍受这般侮辱，挺身而出，狼狗一跃而起张开大口直扑而来，黄飞鸿使出"猴行拐脚"，直击狗的要害，啪啪啪、噗噗噗、手脚利落，当场打死那条狼狗，随后又三拳五脚把英国人打趴下。围观的人无不拍手称快，纷纷赞颂黄飞鸿的壮举。此后，黄飞鸿又帮助小贩从恶霸手中夺回摊位，得到众人认可。至此，黄飞鸿的侠名开始在香江两岸流传。六年后，黄飞鸿认为闯荡够了，父亲也催他早日回家成亲，黄飞鸿离开了香港。

"宝剑腾霄汉，芝花遍上林。"重回佛山的黄飞鸿在父亲的安排下结了婚，黄飞鸿对这桩婚姻持中立态度，既不反对也不高兴，父母之命，媒妁之言。但黄飞鸿没有待几年又去了广州，如父亲所愿，走上了仕途。黄飞鸿被聘为广州水师武术总教练。

在广州当了六年的水师教练，而立之年遭遇丧父之痛，黄飞鸿萌生退意，辞了水师教练，把妻儿接到广州，在广州仁安街开了一家跌打医馆"宝芝林"，门前悬有一副对联："宝剑腾霄汉，芝花遍上林。"黄飞鸿的医馆既授武术，又给病人看病。起初，老百姓只知道黄飞鸿武功高强，并不知道他还跟父亲研究过中医，不太相信黄飞鸿的医术。很长一段时间，黄飞鸿的医馆门庭冷落，转机来自威震四方的黑旗军统帅刘永福。

刘永福仰慕黄飞鸿的侠名，一日有空来拜访黄飞鸿，言谈间讲起了自己久治不愈的脚疾，黄飞鸿听了，表示可以治愈他的顽症。刘永福对黄飞鸿信任有加，黄飞鸿是老百姓有口皆碑的英雄好汉，不会信口雌黄的，于是放心大胆地让黄飞鸿去治。结果，多年的脚疾还真被黄飞鸿治好了。刘永福惊喜万分，称黄飞鸿是华佗再世，赠送一块"医艺精通"木匾，大力宣传黄飞鸿的医术。于是，来宝芝林看病的人越来越多，超过了来拜师学武的人，医馆里到处都能听到老百姓唤"黄师傅"的叫声。

"苟利国家生死以，岂因祸福避趋之。"就在黄飞鸿生活安稳的时候，刘永福要率领军队赴台湾抗击日本侵略军，已经是黑旗军的军医官、福字军技击总教练的黄飞鸿，1894年随刘永福率九营福字军抵台，驻守台南。不料，刘永福护台失利，黄飞鸿不得不再一次回到广州。历经世事沧桑的黄飞鸿心态开始平静，从此只悬壶济世，退出武林，不再收徒弟，不再传授武艺，并在"宝芝林"门前张榜明示："武艺功夫，难以传授；千金不传，求师莫问。"

"横戈百兽，推狮为首。"黄飞鸿亦善于舞狮，有广州狮王之称。黄飞鸿在传统舞狮基础上整理创新的南狮体现出威武粗犷、鼓乐激昂、好斗善征的形象，尤其擅长在桩上施展绝活。二十二个高低不等的金黄桩木上，耀武扬威的雄狮伴随着激扬的鼓乐，见青、喜青、望青、探青、采青、吐青……静如灵猫伺鼠出穴，动如猛虎擒羊敏捷。技艺高难，编排巧妙，融舞蹈、武术、杂技于一体，形成新一派醒狮。

1911年，已经五十五岁的黄飞鸿仍然热衷于舞狮表演，但在一次表演中不小心将布鞋舞掉，飞出身外，正好击中了在台下观看的十九岁的莫桂兰，为表达歉意，黄飞鸿事后专门登门道歉，没想到这次的舞狮成就了黄飞鸿与莫桂兰的老少良缘。

"纵死侠骨香，不惭世上英。"1925年农历三月廿五日，黄飞鸿病逝于广州城西方便医院，享年六十九岁。黄飞鸿一生以弘扬国粹、振兴岭南武术为己任，经其门人林世荣等整理的铁线拳、工字伏虎拳、虎鹤双形拳拳路新颖，动作轻快，成为飞鸿一脉之代表拳法，为武术界独树一帜。他武艺高强，崇尚武德；为国为民，侠之大者——黄飞鸿。

一代宗师——叶问

明末清初，"天下四大名镇"之一的南海县佛山镇，经济繁荣，黎民富庶，然地幅狭小，地势平坦、天然防御条件差，且地处中原、西南地区到达广州的必经之地，扼西江、北江之险要，为兵家必争之地。百姓屡遭兵燹，有志之士奋起抗击，民间尚武之风日盛。

"蹑足行伍之间，而崛起阡陌之中。"清光绪癸巳年（1893年）九月初五，佛山福德铺桑园叶家庄的叶姓大富之家迎来一位小少爷，取名"继问"，即后来的咏春拳宗师叶问。叶家为书香门第、家教严格，叶问五岁就被送进"芸草私塾"学习四书五经，接受传统的儒家教育，可这位小少爷不喜三纲五常，独爱舞枪弄棒。当时叶家的祠堂租给咏春拳传人梁赞的得意门生，外号"找钱华"的陈华顺做武馆。年少的叶问看到陈华顺教授弟子练拳，马步挥拳，虎虎生风，嚯嚯声响，甚是威武，决意要学拳。叶问的父母自然不愿意孩子练习武功，可看他身体瘦弱，想着学点功夫可以强身健体；且生逢乱世，武功尚可防身，勉强同意叶问拜师学艺。小小年纪的叶问学起功夫来兴致勃勃，一招一式颇有模样，七十多岁高龄的师傅对他疼爱有加。陈华顺的儿子叛逆不道，偷了自家的药书和拳书，当了六十两银子，挥霍而尽；陈华顺气愤至极，把书赎回来后，直接送给了叶问。陈华顺一生教了三十六年拳技，先后收了十六名弟子，想不到就是这名年纪轻轻的关门弟子，竟成了他日后的承继者！

叶问投师习艺不过三年多，师傅陈华顺便与世长辞，弥留之际念念不忘这位年幼的弟子，再三叮嘱二弟子吴促素照顾他。此后，叶问随师兄到佛山普君墟线香街武馆继续学技，兴趣大不如从前。家人见此，希望叶问继续学习文化知识，遂送他到香港读书。

"英雄有时亦如此，邂逅岂即非良图。"1908年，叶问乘船来到香港，就读于赤柱圣士提反书院。时值清末，中国人被称为"东亚病夫"。叶问个子矮小、长相清秀，常有英美学生欺负他，谁知叶问奋起反击，将外国学生打得抱头鼠窜。他们吃了亏，自然不甘心，特意请来练过拳击格斗的同学挑战，都被叶问打得一败涂地。叶问的功夫便渐渐名声在外了。

一日，"南北行"商铺的少东家要为叶问引荐一位世伯，两人见面，世伯要与叶问攡手。身为"咏春三雄"的叶问，出道之后罕逢敌手，二话不说，脱了长衫扔在茶几上，便与对方交起手来。一搭手，叶问心里陡然一惊，对方双手像烂毛巾般搭着不放，他根本无法发力，更不能进攻；他使出的"绝招"一经接触，便被对方轻轻带过，但对方是怎样化解的却一点也看不清楚，而对方也无意伤他。叶问烦躁间猛然出击，力量尚未发出，刹那间就被世伯撂倒在地。年轻气盛的叶问，败倒之后甚觉难堪，拎起长衫一言不发地走了。此人正是栖身于南北行的咏春拳传人梁赞的二公子梁璧。机缘巧合，叶问与师叔梁璧相识，冥冥中注定他将成为咏春传人。经梁璧言传身教，指点迷津，叶问渐悟咏春本真，功力大增，武艺日善。

"博观而约取，厚积而薄发。"1913 年，已满二十岁的叶问告别梁璧，离开香港，回佛山继承祖业。此时，他的咏春拳已臻入化境，脱胎换骨。师傅陈华顺武功卓越，但终碍于学识，难以将咏春的精妙之处传授给他；师叔梁璧武功未必敌得过陈华顺，却能得其父真传。叶问先从师傅陈华顺、再随师兄吴促素、后遇师叔梁璧，殊途同归、万法归宗，尽得梁赞咏春之精髓，直追师祖咏春之神韵，加之他在港读书期间，不断吸收现代科学知识，将力学原理、几何角度、人体结构应用到拳法中，自我融会贯通，细加研习，渐成一派。

"十年磨一剑，霜刃未曾试。"叶问在佛山声名日盛，娶望族张氏之女张永成为妻，恩爱有加。叶问虽为练武之人，但颇注重容貌，从不留胡须，举止斯文大方，喜穿深色长衫或中式短装。行走在街上，人们往往把这位武术大师当成是"当铺里的掌柜"或是"私塾的教书先生"。有一次，叶问和表妹等去赏秋游行，和往常一样身着长衫、脚蹬薄底礼绒鞋，看上去一副软弱可欺的公子样儿。途中，遇到一位军阀排长上前欲对其表妹动手动脚，叶问突然挺身上前，使出惯用的咏春拳法，直拳连击，砰砰砰，对方应声倒地。向来欺压百姓的地方军阀，却败在一个斯文书生手下，哪肯咽下这口气；起身拔枪，就要扣动扳机，叶问一个转身，以迅雷不及掩耳的手法，握住对方的左轮手枪，并用大拇指的力量，直压左轮手枪的转轮，竟然把轮芯压弯，使枪不能发射。一时吓得这些兵丁拔腿就逃。

"英雄若神授，大材济时危。"抗日战争期间，整个佛山地区的工商业全部被日本人控制和侵占。叶家的生活陷入困顿，常常三餐不继。日本宪兵队闻悉叶问的功夫，找他去担任宪兵队的武术教练，被叶问断然拒绝，直言道，一个人的民族气节比什么都重要，在这个问题上绝对不能含糊！

抗日战争胜利后，叶问应邀进入县政府刑事单位任职，担负追捕盗匪等工作。他曾侦破佛山沙坊之劫案，并在升平路升平戏院内亲擒劫匪，颇得上级赏识。以后，叶问又担任过广州市南区巡逻队长等职务。一天，叶问带领部下在闹市跟踪一名刑事案惯犯，同事突发奇想，问叶问是否可以徒手捉住惯犯。叶问将手枪和手铐交给同事，慢慢走过去，悄然出击，三拳两脚就将惯犯轻松拿下。这一事迹顿时又在佛山传遍了。

由于常与武术界切磋交流，善摄精华，叶问的拳艺达到炉火纯青的境界；又因其屡挫凶徒，屡败强手，秉承"习武先立品""重节而轻利"的高尚武德与气节，在佛山拳坛上被誉为咏春派的第二位梁赞。

"万物之始，大道至简。"1949年，叶问再次来到香港。为了解决生计问题，叶问接受了饭店工会理事长梁相的安排，在九龙饭店公会公开传授咏春拳。渐渐地，由于求学者众多，叶问再三扩大场地，还分出晚间若干时段，到多家武馆执教。叶问在港广收门徒，咏春拳得以开枝散叶。叶问在香港授拳时，将传统武术套路与心法（诀语）的传授方式，拆改成一个个简单通俗的粤语动作名称（如摊、掌、膀、伏、扰、捶），让咏春拳以最浅显明了、通俗易懂的方式，在香港开宗立派，将原本秘而不传的咏春拳传扬开来，枝繁叶茂。"咏到梅花桩法妙，春生桃李艺林香。"咏春后世子弟及门人孜孜不倦，将才辈出，声名远震：香港"讲手王"黄淳梁、"功夫之王"李小龙、澳大利亚咏春拳大师张卓庆、封门弟子咏春拳师梁挺等，咏春拳的种子随着弟子们的脚步撒落千山万水，习者数以百万计，终成一派名拳。

"咏春传正统，华夏振雄风。"1972年12月，叶问在香港通莱街家中辞世，享年七十九岁。后世门人推崇叶问为咏春拳一代宗师。

梦，升起的地方，爱照亮 [1]

——从爬行 16 载到站立起来的凉山小伙

烂房子村小，这里是他的梦开始的地方。

"走遍天下书为侣，我们来朗诵，（预备）起⋯⋯"阳光灿烂的四川省凉山州烂房子村一间教室里，响起孩子们稚气未脱的读书声。2020 年暑假，曾经的爬行少年——熊洞回乡支教的新闻，受到各方关注。《十年前爬着上学，十年后站着支教》《熊洞，好样的》等图文、音视频，在《人民日报》、央视新闻、新华网、团中央官微、抖音、四川电视台、《华西都市报》《南方日报》、佛山电视台等媒体上广为传播。一夜间，熊洞成"名"。

熟悉熊洞的人都知道，这一切，来之不易。

噩梦：爬着上学

往事不堪回首——

来自广东佛山好友营支教的袁老师回忆：2009 年 9 月，开学的日子，四川省凉山州木里县白碉乡烂房子村小学，来了一位爬行上学的大龄一年级新生，他叫熊洞，16 岁，本该上高中的年龄，才来上小学。这是怎么回事呢？

还在熊洞两岁多满地爬的时候，一场灾难晴空霹雳般降临到了这个穷苦的家庭头上。不知何故，小熊洞被松明火把引燃了右腿裤子，无情的火焰将他的右腿烧成了肉团⋯⋯那种撕心裂肺的痛无法言说。熊洞家地处大凉山深处，交通闭塞，医疗条件差，加上家境困难，得不到好的救治。渐渐地，大腿竟然和小腿粘连在一起了，动一动就痛得要命。

慢慢长大了，熊洞发现自己和别的伙伴不一样，他们是站着走路，而

---

① 本文作者为本书作者和钟鸣。

他是爬着走路的，他不停地追问父母："为什么自己和弟弟还有伙伴们不一样呢？"妈妈眼含泪水，无言以对。爸爸安慰他："放心，我们会努力挣钱治好你的腿，以后你能像伙伴们一样站着走路！"

时间一晃而过。10 岁那年，熊洞没有等来爸爸发现为自己疗伤的承诺，却传来爸爸挖矿时遇难的不幸消息。噩耗传来，一家人唯有抱头痛哭。爸爸是家里的顶梁柱，现在塌了，一家的日子今后怎么过？熊洞心里的哀愁，向谁诉说？

熊洞内心脆弱、敏感，却很坚强。有淘气的小伙伴学他爬着走路，调侃甚至骂他像癞蛤蟆一样，他只有忍气吞声不去招惹他们，实在气不过就躲着他们。年少懂事的熊洞主动承担起家里放羊的活计，每天伴着沉默的山、流动的云、身边的风，还有不会说话的羊群，像被世界遗弃的般独自发呆。看到比自己小很多的孩子去上学，他羡慕不已，恨不得马上背起书包上学校。16 岁时，熊洞不能再等了，他提出要上学，即使是爬，也要爬到学校去。

连路都不会走，自己都不能照顾好自己的孩子，要去上学，困难可想而知。书包背不到背上，走路走不了，无人接送。天气晴朗，别人七八分钟的路程，他得爬行四十分钟。如果遇上雨雪等恶劣天气，就更是寸步难行。可他坚决要求上学，家人见他如此渴望上学，只好把十几只羊卖了，让他上学去。

当年 25 岁的袁立明老师，回忆初次看见熊洞的那一幕，至今记忆犹新。"我以为他是学生家长，因为那时他已 16 岁了，比这些七八岁的孩子要大很多。察看他的伤腿，问起他的情况，我很心痛，也有点震惊，这个可怜的孩子，在这么穷困的山区，未来的人生可想而知……"袁老师的内心受到极大震撼，没有丝毫犹豫，他立即决定要帮帮这个不幸的孩子，尽力治好他的腿。他把熊洞的情况向佛山好友营发起人伍景勋作了汇报，并亲自到熊洞家进行实地探访。

两间砖瓦房，几件破旧家具，除此屋内没有其他东西，真是家徒四壁，比想象中还要穷。得知袁老师一行来意后，熊洞妈妈既感动又忧愁，生活都成问题，哪里有那么多钱给孩子治病呢？熊洞后来在日记里记录到："妈妈含着泪水躲进厨房里去，袁老师耐心而又诚恳地做思想工作。他说了很

一村烟雨迷游客 乙于恒德连简村 国森

多，只要你们相信我，保证让孩子真正地去治病，安全地回家，不需要你们出一分钱。妈妈面对着眼前的陌生人，喃喃自语：'如果碰到骗子，我可到哪里找我这个可怜的儿？如果不答应，错过这个可能的机会，儿子这一辈子就完蛋了。'最后，她只好狠下心来，既疑惑有抱有几分希望地答应了。"

2009年底，袁老师与佛山好友营发起人伍景勋联手支教点义工、志愿者及社会好心人募集善款。功夫不负有心人，他们千辛万苦筹得四万余元治疗善款，但距保守估计的十万元治疗费用还相差甚远。

美梦：站立成真

那年正好是大雪封山，袁老师带着熊洞兄弟俩，冒着危险，穿山越岭，经一天的艰难跋涉，傍晚时分才赶到木里县城。这是16年来熊洞第一次出远门，也是人生中第一次看到城市的模样。第二天再赶到成都，大城市的繁华以及对自己将要站起来的憧憬，让入住宾馆的熊洞以为是在做梦。

第三天他们去了成都最大最好的医院——华西医院检查，这一刻熊洞真的哭了。他想，如果真的治好了，自己就再也不用爬着走路了。然而，指望在这家三甲医院站立的美梦很快破灭，一是费用远远不够，二是医院并未给出承诺，至少没有得到他们想要的答案。这让伸出援手，想帮他的好友营几个支教老师犯难了。这时，负责人伍景勋想起了在广东佛山的大本营，千里之外的顺德和平外科医院，该院以手足外科、骨科远近闻名，可不可以到那里去试试呢？

由于伤情时间太久，血管神经等各组织挛缩变形严重，这项治疗对显微外科游离皮瓣移植术的要求比较高。成都三甲大医院都犯难的病人，我们有没有把握，敢不敢收治？这个难题摆到了和平医院当家人谢振荣面前。风险大，难度高，费用远远不够，但支教老师的无私与爱心深深打动了谢振荣，他毅然决定接过爱心接力棒，用佛山人的爱帮熊洞站起来，助他实现走着上学的梦。

为了尽快治疗熊洞的疾病，志愿者们自掏腰包为他买了机票，熊洞第一次坐上了飞机，从成都到广州，再坐车转至佛山顺德。和平医院的医护人员对熊洞一行的到来表示了极大的热情与关心，从院长、主任、到医护人员都对他说："来这里，你就有希望了……"那一刻，站起来的梦，似乎就要变成现实。

为了方便治疗，由他的弟弟照料他，医院专门腾出一个病房给他们。医护人员、清洁工、还有护工听说他的遭遇后，纷纷给予捐款资助，几十、几百、尽己所能，共捐出8000多元。这些素昧平生的医护人员和蔼可亲，把熊洞当自己的孩子看待，让饱受歧视的熊洞，感到从未有过的温暖。

军医出身的张敬良是医院首席专家，受命领衔带领团队做了长达12个小时的手术，之后又做了第二次手术，第三次手术；在医务人员的精心呵护之下，经过一个多月的康复训练，熊洞终于可以拄着拐走路了，迈开右腿的那一步，幸福的泪水奔涌而出。

2009年的春节，兄弟俩在医院度过。大年夜，参与救治的陆医生和值班的马护士陪伴着他们吃年糕，看春晚，像一家人其乐融融。

2010年3月，熊洞出院了。回到家乡，很多人不敢相信自己的眼睛，熊洞站—起—来—了！回家后，熊洞的恢复状况出奇的好，能快走，能打球，甚至负重100多斤也没问题，他康复之快之好连主治医生都感到吃惊。当年秋天，当熊洞翻山越岭两个多小时见到外婆时，这个从未见过外孙一面的老人家流下了惊喜的泪水，她没想到在有生之年，80多岁了，还能见到此前无法正常行走的苦命外孙。

圆梦：暑假支教

身体快速康复也加快了熊洞求知的速度，他要争分夺秒把"失去"的光阴夺回来。发愤的熊洞，用6年的时间啃完9年的课程，2016年考上攀枝花市建筑工程学校。为他治疗的医院有位不愿留名的工作人员，每年资助三千元学杂费，一直捐到他读完中专，捐了整整五年。他先后获校园"自强之星"、"形象大使"、市征文大赛特等奖、四川省最美"中职生"等荣誉；2019年，他又考上四川工程职业技术学院，成为一名大学生。他想用自己的行动与努力证明自己也可以成为有用的人。在大一，他加入了志愿者服务队，与同学们利用业余时间，去做志愿者、义工。

2020开春突如其来的疫情，打了熊洞一个措手不及，很多地方停工停课。母亲老了，花甲之年还在外辛苦打拼，挣钱供他上学念书。受疫情影响，很多厂处境艰难，无法正常开工，母亲干活的工厂也面临这样的情况。为了帮家里减轻点负担，他终于找到了点散工杂活，帮人家去刷墙。第一次干这活，没经验，只会苦干不会巧干，结果，手上起了几个大泡，每天还要刷八九个小时，又苦又累但他必须坚持干。

他太想帮帮母亲了，家里的条件太苦了，他甚至一度产生休学的念头。在班主任、同学、母亲等的劝导下，5月份，在疫情有些好转时，熊洞还是回到了四川德阳的大学校园里。

7月中旬放了暑假，熊洞在成都找暑假工做。老板杨总说，只要干得好，每天给他120元工资。从7月14日上班算起，如果坚持做到8月底，可以获得4000元收入。这样，下学期的学费，有着落了。

人世间，总有些东西就是那么巧。如果不是偶然间去看了QQ空间里几年前发的图文，或许就不会有这个支教行为的诞生。"看到了读一年级时的照片，十年半前自己是爬行上学，现在自己竟然可以坐在大学的校园里了，然而那些在村子里的小孩还在原来的村小上学，我要返乡支教！"突然间他的脑海里闪出这个念头。村里的孩子，受疫情的影响，没法回到学校上课；网络也不稳定，更无法在网上上课，落下的课程多。打暑假工的确可以挣点钱，但回去给他们补课更有意义。

七八月的凉山，风景旖旎。他无心欣赏沿途的风景，只想早日回到家乡。7月14日一回到家，他马上忙碌起来，买资料、找学生、开家长会，打扫落满灰尘的教室，听取17个想上课的孩子的意见，装备教具、备课，7月18日正式开课。

第一次踏上神圣的讲台，做起了支教老师，尽管面带微笑，但心里早已紧张得不知所措。虽然做了些努力，可第一节课还是准备得不够充分。他给他们上的第一节课是"团结"："你们是一个集体、一个团队，所以大家都需要互相帮助、当别人需要你帮助时，你应该尽力去帮助他。"十年前支教老师是这样教他的，今天他也这样教他的学生。这一节课尽管他非常拘谨，可课堂上仍充满欢声笑语，一节课下来，他的整个背脊都湿透了，感觉口干舌燥，却无比幸福。

除了给他们上语文、数学外，还要上音乐、体育等，每天七个小时授课，备课要备到凌晨一两点，他觉得这些都是值得的。他的善心义举感动了同村的小学同学，正在大学学医的杨李秀，也主动要求加入志愿支教的行列。

追梦：初心不改

放弃打暑假工四千余元丰厚收入的机会，重回曾经就读的村小，给留守的17个孩子义务教学，这位微信昵称"追梦人"的凉山小伙——爬着上学、站着支教的励志事迹，感动了无数人。

从凉山到攀枝花再到德阳，熊洞在支教老师、医生和爱心人士的帮助下，成功"走"出了大山。而大山里的烂房子村，也随着西部大开发和国家脱贫攻坚工程的推进，发生巨大变化。蜿蜒于凉山的雅砻江，被美丽的锦屏山夹峙，水流湍急，浩瀚东流。2014年11月，锦屏电站投入使用，木里河的水位线提升至1880米，汹涌的河面变成了美丽的高峡平湖。河里天光水色相映成趣，水波荡漾，水鸟翻飞，风景宜人。包括白碉乡在内，木里境内8个乡镇水路开始通航。2015年，烂房子村剩余的30户家庭都通上了电。2015年后，白碉乡教育部门明确此前好友营支教的烂房子村小等4所"麻雀学校"停办，学生都集中到白碉乡中心校接受免费的义务教育。作为支教班最后一届学生之一的熊群（熊洞侄女），在熊洞等的鼓励下，刻苦学习，在2020年7月的全国高考中，以625分的成绩成为了木里县的高考状元。

2018年，在当地党委政府与扶贫工作组的帮助下，烂房子村也修起了一条直通水运码头的道路（一半水泥路，一半土路），小拖拉机、摩托车都可行驶，村里的孩子们上学也无须再翻山越岭了。由于雨水丰沛，玉米丰收，包括熊洞家在内，烂房子村民们每户玉米的收成上约增4000斤，按1.25元/斤的收购价计算，每户至少增收5000元。2020年2月，风光旖旎的凉山州木里县，已摘掉贫困县的帽子。

脱贫攻坚路上，佛山好心帮扶人，用"支教+医疗"这一别样的扶贫方式，传递爱心，助力这一伟大的工程。好友营支教队与和平医院数度走进千里外的凉山烂房子村。他们的帮扶还在继续，当得知今年疫情影响家庭经济来源，致熊洞大学差点辍学时，医院再施援手，送上五千元慰问金……

八月的木里，风景如画。雅砻江畔，凉风习习。烂房子村小，书声琅琅："如果你独自驾舟绕世界旅行，如果你只能带一件东西供自己娱乐，你会选择哪一样……如果你问到我，我会毫不犹豫地回答，我会选择一本书……"

熊洞以及山里的孩子期待用知识改变世界，改变命运。16岁爬进校门，25岁考上大学，虽然前路坎坷，但任何困难也挡不住前进的脚步。搭档支教的杨李秀说："无论多么艰苦的环境，他依然葆有爱心，能吃苦，愿意帮他人，这是难能可贵的品质。"

"让世界多一点爱，今后无论干哪行，我都想做个有用的人，力所能及地多帮助别人。""爱出者爱返，福往者福来。"这是熊洞特别喜欢的句子。

起步虽晚，但从不后退。没有"锦鲤"加持，这个绝不向命运低头的凉山小伙，冲破障碍，重塑自信。

经历了太多的贫困与逆境，他向往着幸福美好的生活。追梦路上，心底始终珍藏着一份爱心！善心！这是熊洞、一个山里娃无比朴素的初心。当年，他的梦，被别人用爱照亮；今后，他要用爱，照亮别人的梦。

入选 2020 年《顺德文学作品选粹·报告文学卷》

承　诺
——记李国华医师

　　身材不高，略显消瘦。淡雅的浅绿色上衣，饰花的内衬，橘黄的裤子，深蓝色的平跟皮鞋；面容素净，气定神闲，不紧不慢地走在人来人往的街道，谁也不会留意擦肩而过的她曾在 2017 年因见义勇为入选中国好人榜，2020 年又赶赴战疫的最前线——武汉！

　　李国华，南方医科大学顺德人民医院消化内科主任医师，顺德区第二批援助武汉医疗队领队。坐在沙发上，平静的语气中透出些许的疲惫。她说自己只是做了医生应该做的事，并没有什么值得宣扬的。

　　2020 年 1 月 23 日，武汉封城。买了大年初二回湖南郴州老家过年的她，悄悄退掉了好不容易抢到的高铁票，她预感到庚子新年可能不太好过。尽管当时顺德还没有出现新冠病人，人们都还在热热闹闹准备新年的物品，但南方医科大学顺德医院作为佛山市新冠病人的定点收治医院，内部的防控工作已在有序展开。1 月 24 日，除夕夜。武汉告急！广东派出第一批支援武汉医疗队火速赶往湖北。正在值班的李国华从新闻中得知消息，心中充满了对同行的敬佩。她想象自己也可以成为医疗队的一员，即刻奔赴前线。2 月 8 日晚，忙碌整天的她打开朋友圈，看到自己的老师广东中山大学附属中山六院消化内科主任郅敏教授，于 1 月 28 日已经驰援武汉接管汉口医院，她给老师点了大大的赞！当晚零点，科室的微信群里传来报名驰援湖北的信息，她急切地询问有无年龄、性别、专业的限制，等到第二天早上回复时，医院的名单已经定下来了，她没有被选中，内心有了小小的遗憾。2 月 13 日凌晨，第二批驰援湖北的消息传出后，李国华毅然决然地向院领导报名，名单公布时，李国华的名字清晰在列，并且是以领队的身份出征。人民医院此次派出 60 人的强大队伍，涵盖呼吸、感染、重症、急危重症中青年骨干，其中“90 后”就有 33 人。仔细地看过名单，李国华并没有期待中的激动，反而感到肩头沉重。临行前，她向胡海源书记和沈洁院长请示出征时的交代"之前怕你身体扛不住，我们是有犹豫的，可是你经验丰富，遇事冷静，责任感强，队伍交给你，我们放心。"院长和书记说道："要团结、协作、做好防控。医院的防护物资你都带走，只有一个要求，那就是 60 个队员，你要毫发无损地带回来！"

"加油！加油！等你们回来！"天气虽然阴冷，但全院的医护整齐列队排在道路两旁，大声呐喊，为他们的出征鼓劲加油。大巴一路畅通驶入白云机场，昔日繁忙的景象不见踪影，只有 322 人组成的佛山支援队整装待发，鲁毅书记、朱伟市长亲自到机场为他们送行。机舱内，空乘人员代表湖北人民感谢他们逆行投入这场战"疫"中。想到马上就要直面病毒，大家的情绪都有些高昂起来。

武汉天河机场，空荡荡的停机坪显得冷冷清清，支援队员统一穿着的红色队服异常显眼，给这寂寥的机场增添了几份暖色。坐上大巴，路上空荡荡的，安静异常。2007 年，李国华带着女儿来武汉看过樱花，那时的武汉繁花似锦，人潮涌动、热闹非凡，现在的武汉江水呜咽，雾气弥漫，难寻人迹。空气凝滞般挤压着每一个队员的心，都不出声，默默戴上了 N95口罩。到达驻地酒店，因为对酒店的情况不是很了解，尽管江城的天气很冷，但李国华要求大家不要开空调。为了抵御寒冷，当晚她穿着羽绒服才能入睡。第二天了解到酒店是新开业还未投入使用，特殊时期被征用了，确定信息无误后，她才允许队员开始使用空调。防控工作从落地就开始实施，全队 45 位护士，15 位医生，首先分成 4 个小组建微信群，每组设组长、副组长各 1 名，实行组长负责制。相互监督，务必做好防控工作。因为大家都戴着口罩，看不清彼此的面目，又是紧急从各科室抽调的人员，相互之间还不熟悉，但病毒可不管这些，它无孔不入，尤其身处疫情中心，更要加倍小心。14 日经过半天的培训，2 月 15 日 12 点，他们接到了进驻武汉市第一医院的命令。所有的人突然都沉默了，害怕、恐惧的气氛在暗中流动，但没有一个人退缩。穿好防护服，他们如战士般赶赴病房，紧张展开救治程序。

防护物资告急，协调工作失效，后勤保障缺乏，救治难度增加，医护人员疲惫……不断涌现的各种问题，时时在李国华的耳边拉响警报。40 天，开了大大小小20多个会议，处理上千难题，化解众多状况，应对无数挑战。她如高速旋转的陀螺，每分每秒都在运转。

虽然他们住在酒店，但吃饭问题要自己解决。很多医护人员在值班时穿戴厚厚的防护装置，不能吃喝，不能上厕所，等回到酒店都已精疲力尽。李国华心痛不已，想尽办法为他们提供更好的饮食。经过努力，佛山市政府专门为他们提供了一批速冻食品，他们可以使用酒店的厨房进行简单的加工处理。可是有天晚上，李国华却因为这件事大发脾气了。忙碌整天的她刚走进餐厅门口，就听到餐厅里传来喧闹声，她快步走过去看看发生了什么事。原来好几位刚下班的护士回到驻地，七八个小时没有吃东西，正在煮东西吃。一边煮一边聊天，放松劳累的身心。李国华又怜又愤，怜的是她们的身体，愤的是她们没有意识到聚集的危险性，越是放松的时候就越要警觉，绝对不能允许这样的情况出现。她马上制止了她们相互间的交流，并对她们进行了防感染的教育，合理安排了她们的就餐时间。回到房间，她想目前工作已经进入了有序状态，患者开始陆续出院，医护们也逐渐适应、克服种种困难，但是也正是这个时候容易松解，这件小事说明大家的思想松懈了，万一出现感染，她怎么向她们的家人及组织交代？不行，要马上召集会议，再次强调防控意识。想到这些，当晚立即召集小组长在酒店的大厅开会。制定厨房使用规则，再三强调不准在厨房聚集，且同进厨房的人不能超过四人，马上传达到每一位出征队员。她不记得做完这些事情已经是夜里几点了，她只知道病毒不管白天还是黑夜随时都有传播风险。

"你们是当下抗疫战场上的英雄，是最美的顺德人，是最美的逆行者！"3月3日，出征多日的援助队迎来区委书记郭文海的亲切问候。在和家属连线环节，顺德援助湖北医疗队队员郑庆坤、欧阳艳玲、何洁莹、陈汉文、徐伟娟、梁惠欣的家人也一同参与了视频连线。南方医科大学顺德医院感染科护理学主管护士欧阳艳玲激动地对视频另一头的父亲欧阳炳华和哥哥欧阳耀根说："这边的大部队把我们照顾得很好，我们吃得好、睡得也香，我们工作很努力，相信很快就会回（顺德）了。""你要保重身体啊，知不知道？"父亲和哥哥回复道。"李医生、李医生，我是张老师，陈汉文的岳母。"李国华看到了屏幕那边的张老师，她既是自己治疗过的患者，也是自己的朋友还是这次出征的陈医生的岳母。"你一定要把队伍完完整整地带回来，拜托您了！感谢您！"亲切的关怀中有山一样重的嘱托，感动的眼泪尚未涌出，张老师那声急切的呼唤如针刺般惊醒了李国华。虽然疫情取得阶段性的控制，但也是最容易大意的时候，绝不能让任何一名队员被感染。"张老师，你放心，我向您承诺——保证安全地把所有人带回来！"最后她还不忘调侃道："想念顺德的双皮奶、伦教糕、陈村粉……"连线完毕，莫名的压力向她袭来，"保证安全地把所有人带回来！"在她耳边循环播放。队员们防护到不到位？病区内每天消杀到不到位？空气消毒机够不够，对病房的消毒是否合规？还有、还有，酒店的消防设备是否正常？要开展疏散演习……这些还不够，要直接进病房进行监督，与队员共进退，做好医务人员的安全守护者。

自2月15日正式接管病区至3月18日关闭病区，佛山第四批驰援湖北医疗队管理重症病床139张，累计收治患者168人，治愈出院156人，治愈率达92%，病亡率和医护人员感染率均为零。武汉，从冬日的寒冷中艰难度过，料峭的春风吹开了绚烂的樱花，江城的迷雾升腾消散，明媚的阳光温暖了整座城市。3月23日，历经一个多月的奋战，佛山援助队接到撤出的命令，可以回家啦！"感谢你们，是你们救了我的命。"听说佛山援助队要撤回的消息，一名住院病人亲自写了感谢函送给医疗队，李国华落泪了："应该感谢的是武汉人民，是英勇的湖北人民，我们和你们并肩抗击疫情。"

走出驻地的大门，李国华和她的队友竟有些不舍了。从开始的紧张、害怕甚至惶恐，到今天的感恩、祝福、尊重，短短的时间里，自己和队友们历经了一场没有硝烟的战斗、一场精神的洗礼，他们重新认识了这座城市和自己。街道上，行走的人们只要看见穿医护服的他们，都会停下脚步，给他们鞠躬并说声："辛苦了！谢谢你们！"这是给予他们的最高荣誉。武汉，再见！顺德，我们回来了！当初的承诺兑现了，60人无一感染，我们安全地回来了。

附 录

作家对话

解读虹影
——虹影访谈

虹影，一个有着传奇经历的不平凡女子，一个特立独行的先锋女作家，一个在文坛获奖无数极富争议的女人，她属于当代文学圈的"另类"。与此同时，她的作品也常常引起各种各样的误读，本文采取访谈的形式，从她最初的诗歌创作谈起，涉及她几部重要的作品和她刚刚获得的意大利罗马文学奖，试图解读她本人及其作品所真正要表达的深意。访谈以电邮的方式，由笔者电邮问题，虹影老师给予阐释。

胡辙：你的写作是从诗歌开始的，比如 1989 年组诗《乱发》获重庆市建国四十周年文学奖，1991 年《诗与逃命》获英国《丝语时报》华人诗歌一等奖。在你的小说作品中，仍可以看到你的诗作。然而你知道，现在的时代已不是诗歌的时代，而你也由写诗转向了写小说，能谈谈你对诗歌的感受及诗歌的现状吗？

虹影：我仍然在写诗，仍然在发表诗，并未完全转向小说。现在几乎很少有人和我谈诗，尽管我也获过一些重要的诗歌奖和小说奖，尽管我是以一个诗人出现在文坛的，但是奇怪的是，在国内是首先承认我的小说，但从不承认我的诗歌作品，即使和如今最火的诗人在台湾同时得到联合报新诗一等奖。就是在前段时间，有几位诗人还故意排斥我参加，而且大都是认识我的所谓的朋友。我不知道他们怕我什么？诗歌界比小说界要复杂得多，诗的好坏，也不能由这几个人来定评，这个现象很奇怪。

胡辙：可以谈一下你的《女子有行》这部小说吗？因为对于许多读者来说这部作品是荒诞、凌乱、超现实的。在关于你的许多文章中也很少提及这部小说，小说在出版的过程中亦遇到一些麻烦，被搁置许久，能否给读者一个全面的对这部作品的阐释？

虹影：这部作品描绘出世纪末的人间生活图画，是 20 世纪 90 年代在我出国前后写的，这些作品中间很少有我的影子，完全是虚构和想象。不过，当时写这些作品的时候，我的状态非常好，特别顺利，好像每天都能够写几千字甚至一万字的感觉。至今，我依然把书里第三部《布拉格的陷落》看成是我最好的小说，为什么？因为中国作家、女作家很少有人能够写未来小说的，时间空间的跨度那么大，它把国际上的所有问题，包括中国以前的问题，统统地放置到未来某个年代的布拉格，诸如宗教问题，人的灵魂转世问题，包括女权主义问题，包含所有生活的问题，我都想在小说里解决。非常极端、非常顺畅、非常旗帜鲜明地在小说里书写女人和整个国家、社会、国际所发生关系的一部作品，结尾就像是一个寓言：活人已经没有了，消失了，这个城堡里是一幅末日景象，到处都是醉生梦死的场景。那些死人在开派对跳舞、做爱，最后女主人公走到另一个房间，打开电脑问：你能够给我一个活下去的理由吗？电脑说，我没有办法回答。后来，她只能冲进电脑里的三维世界里。越冲越快，一直进入另外一个世界，类似于桃花源的地方，一个远离现代高科技文明污染的地方，实际上这是一个无可奈何的结果，给自己一个安慰的结局，最后她一醉了之。这个小说包含了我对当前我们面对的困境和所有的困惑、所有问题的思考，我们该怎么办？确实，现在地球上难题那么多，谁能给个答复？

胡辙：长篇自传体小说《饥饿的女儿》被英国《星期泰晤士报》（1998 年 8 月 9 日）称赞为"虹影的自传是关于中国普通老百姓生活的写照，关于生存，关于自我的发现。"你的主旨是要表达女儿六六的双重饥饿——对物质、对性的饥渴。而我在看这篇小说时感到小说讲的是对于爱的缺失。如六六是私生女，从小无人关爱，只能到历史老师那里去寻找；六六的母亲是被土匪头子抢去的，而非她的自愿；尤其是对六六打胎一段的叙述，冷静而残酷；其生父为了某种道义的或所谓的忍让等原因离她而去；六六的大姐频频离婚。所有的人物都被抛入特定的饥饿的社会大背景下，人人都没有爱。你认为是这样的吗？

虹影：不是这样的。《饥饿的女儿》，对我而言，有两种含意：我是从什么地方来的？我是怎么成为一个作家的？从表面看起来是我个人的成长史，我觉得它同时也是我们整个民族的成长史，而且也不仅仅是我们这些 20 世纪 60 年代人的成长历史，它看起来是在写一个女孩子的成长，写一个普通的中国家庭，实际上它也在写中国人近半个世纪的生活。中国普通老百姓在严酷的时代里是怎么活过来的？一个少女是怎么在当时的环境中间成长起来的？一个女人是怎么承受过那个时代的？因为那些女人包括我、我的母亲、我的姐妹，还有我生活中出现的所有女人。

这部作品把个人和历史、个体和社会、自我和非我结合起来了，并不是仅仅讲述一个女孩子、一个女作家的成长，这个作品是经得过时间的考验的，对它的解读也会发生变化。

胡辙：再来谈谈引起很大争议的小说《K》后改为《英国情人》。你说到"《K》写的是一种生命的享受，对中西文化的理解"，是这样的吗？

虹影：中国法院因为"淫秽"判罪禁书，是中国现代史上第一次。历史证明，法律禁书适得其反，《包法利夫人》《查特莱夫人的情人》都是先遭禁，后来变成名著，这两个案子都成为现代文化发展的重要环节。中国走这种西方一个世纪前法庭禁书的事情，有什么好处？而且，这两本书都是描写女性的性态度，可见社会的敏感忌讳点在女性的主动性。亨利·米勒的书，艺术性差得多，叙述混乱，语言平平，却是露骨地大写男人性幻想。这种书可以在吉林时代文艺出版社出十册大全集（全世界少见的积极性！），就是一个很好的对比。

"淫秽"罪，中国法律并没有具体条款，是否"淫秽"，要请几个公认的文学专家作证。不然不能判决。我个人认为，性可以写，完全应当写，因为这是现代社会无法不面对的一个重要方面。关键问题是写得好不好，艺术上是否有价值。如果批评者，控告者，查禁者，指出我的书艺术上失败，那我就服罪。现在批评家们的意见正相反：朱大可认为是"中国现代文学的《洛丽塔》"；陈晓明认为"这是部专业化写作的小说，创建东方文化的奇观"；汉学家葛浩文认为此书"描写男主人公极其复杂的心理过程，令人信服"。"色情"不能算一个罪名。色情是人类文化一个基本特征：人，尤其现代人，情欲需要远远超过生殖繁衍需要，动物只有性欲，没有色情，色情只能妨碍动物的生存竞争。因此，现代文化不得不面对这个问题。海外叫"情色"，一个意思。

我这本小说，力图处理中西文化的严重冲突，指出任何定式化地看待东方人、西方人，男人、女人，都会落入灾难性结果。而且在严重的社会问题前，无法建立两个人隔绝的世界。

胡辙： 在《火狐虹影》这部短篇小说集中，频频出现的词汇有"火狐、红狐、私生女、水性杨花、情人，流浪汉等"。在中国传统话语中，这些词语都是媚惑或低俗的，你把这些词语郑重其事大张旗鼓地写进小说而并没有媚惑或低俗感，你是要颠覆这些词语的固有意义吗？

虹影： 我一直是个"扫雷工作者"。我坚持自己的艺术追求，不管别人如何说三道四。人们说男看女首先看性，女看男则看情。我觉得是胡说：不管男人女人，没有性也就不可能有爱，性和爱不可分。我看到网上发的帖子：男女调情，竟然说看看小说《K》吧。这可不行。《K》是悲剧，是感情中种种问题的大爆发，力图处理中西文化的严重冲突，指出任何定式化地看待东方人、西方人，男人、女人，都会落入灾难性结果。高罗佩、李约瑟等研究者早就指出，中华民族一直是性艺术的大师，只是清朝政权三百年的控制，把这民族弄得穷酸没落，外加道学虚伪。而我的口号是：让中华民族恢复 17 世纪前的身心健康！

色欲有至境，钱欲无止境。

性爱是一种艺术。女人醉心于这艺术，所以，女人往往高尚得多——女人学得这艺术，往往要付出巨大的代价。男人床上满足后，下床就要贤母良妻。请注意，性是艺术，懂得性的女人，就是女艺术家。你能非要女艺术家作贤母良妻吗？

我的作品很注重写性，就是在研究怎样使这艺术永远留存下来。

胡辙：《火狐虹影》重写笔记小说中有一篇我认为很刚性的作品即《垂榴之夏》——"男有刚，爹就是刚。""女有烈，她（镇长的女儿）就是烈。"这篇小说有别于其他写性比较多的重写笔记小说，你是怎样创作的？

虹影： 这篇小说如同其他收入"重写笔记体小说"集子《鹤止步》的中短篇一样，是在写长篇的空隙插入的，如同在海底浮出水面来吸一口气，休息一下。在我看来古人笔记小说，如深窟宝藏，珠光夺目。现代以来，文学欧化。写小说者，知道家藏有宝，却很少有人探寻此路。所以，我决定重写笔记小说，将传统连接现代，有意与冯梦龙、纪晓岚等大师握手言欢。以古今辉映的手法，营造出穿越时光，前世今生的魔幻之感。

胡辙：在你的重写笔记小说系列中，你对中国古代的小说进行了重新解构，借古代小说写现代小说，主旨皆为情。故事性强，悬念设伏，人物简单，一般只有两三个人物，一男二女或二男一女，极其吸引读者步步深入作品。这些作品是否深得蒲松龄《聊斋志异》的神韵？在孙康宜的《虹影在山上》这篇文章中，你说道"至于中国小说，我最喜欢的一部著作是《老残游记》，在某种程度上说，也受了该书的影响。"那么，这两部书那一部对你影响更大？

虹影：后者更重要。因为在我的经历之中，我曾经有十年时间走在文学的路上，就是看了这本书后，我认为人的一生皆在漫游之中，虽是艰辛，却是幸福的。以至于我后来写《阿难》，以后会写我流浪的经历，都和这本书有关系。尤其是书里描写在地狱的故事，主人公走在街上，他会到了死去的友人，一伸手就出了地狱，站到了人间。很适合我的心理，我自己就经常在这种状态之中，处于一种非真实世界之中，刘鹗是开始将这种文学的想象力带给我的人，其次就是《红楼梦》，给我启示，尤其是书里各种菜的制作法，影响了我。

胡辙：作为一名华人作家，在你的作品中写道"《玉女经》""辟谷""房中术"等，你是否深受道家思想的影响？

虹影：近几年来，我先是"无为和平常心"，后是转入心无定所，后是"静如莲花"。

像这次在意大利得罗马文学奖，这是此奖首次给一个中国作家，国内外报纸采访我，会认为我会激动。我并非如此。我知道此消息，直到去罗马领奖后，我才告诉几个好朋友。

一个作家，关键在于作品好不好，是否留存下来，这也是我无论在什么地方、以什么样身份、都能关起门，面对电脑坐下来，都能写，哪怕是在修道院里也能够写。

胡辙：在《火狐虹影》中有一篇《一群迷失的狗》，其中有这样一段话"因为男人说到底是一个没有长大的孩子，内心很虚弱，面子需要强撑着，嘴里不饶人。其实很可怜！他们是一群迷失的狗！记住，不是狼不是羊。如果把他们当狼当羊，你就一错再错，错到自己一无所有了。"你的这段话很精彩，把男性看得很透彻。你是怎样看待男性的？作为一名女性你又是如何看待女性的？19世纪英国女权主义著名作家弗吉尼亚·伍尔芙在你的作品中时常出现，你如何看待女权主义？

虹影：王干曾评论"《K》是双重文本，是东方主义的文本，又是女性主义的文本。就这一点来说这本小说结合得非常巧妙，林受西方教育，但又对中华文化传统有深刻的了解，这对她来说一点也不奇怪。"在我看来，女性写作，当然不可能不包含女性主义。谢谢我佛让我今世做女人。

我得说句绝话：怎么没听见人谈男性主义？说"东方主义"？怎么"西方主义"这词就流行不起来？在美国陈小眉写了一本书《西方主义》，这词依然没有人使用。就像怎么老听见人说谭爱梅是华人作家，英国有个表现黑人生活的白人作家，怎么没人说是个黑人作家？

陈晓明在评论我的长篇《女子有行》时，称之为"女性白日梦"，很对。但是男性有没有白日梦？当然有，但是男性的白日梦就直接叫"白日梦"，或"主流白日梦"。所有这种词，都是"弱势集团"用来自卫的术语。强调自己应当特殊的对待。以前的文学史，都是男人主宰，文学评论是男性批评家世界；写小说，是男人的事。这才需要强调女性的特殊。就像以前必须有多少女性干部硬是得提拔培养一样。

我们要看一下中国文学界读书界，女性作家有没有必要再标榜女性主义？

我个人觉得没有此必要。我们已经不再是一个弱势集团，至少我不想做一个弱势群体中人。我愿意男作家、男评论家、男读者，就把我虹影当作家，别当什么女作家。实际上读者不会因为作家是女的就照应一点，没有上级，比如当初参加作协时，因为我是女的就特别培养我。我认为，中国女作家完全可以在平等基础上与男作家竞争，制衡。不打"女性主义"旗帜，不自贴标签，我们也能做到写出好东西，有意义有深度的作品。而且事实上，中国文学一直都处在"阴盛阳衰"的位置上。

如果我作品中有女性特征，属于女性主义，那我也不反对。男作家也一样有男性主义。这样回答你的问题：我本人生错了性别，既然为女的，我一些小说中的第一人称叙述者就很自然是女的，她会从女性角度看待世界，所以，我的女性主义完全是性格使然，不必有意为之。《上海王》和《饥饿的女儿》如果有女性意识，也是这个意义上的。

逢簡印象

国森画于杏坛艺术馆

胡辙：另外在《闭上眼睛说我爱你的伟大》这篇文章中，你写到"男人，表面再绅士的男人，都得用骄傲作为心理伟哥，男女关系完全是一种心理关系，而不是生理关系。""……打消这种野蛮的恶的性冲动，都要用文明的方式——选择他必不可少的心里伟哥——骄傲。""男人是很难服侍的，很'骄气'的动物，尤其是你爱的男人，最难服侍；你得给他补掇起在社会上受伤累累的骄傲之心，兼做母亲、佣人和心理医生。"在这段叙述中，你是不是对男性有某种失望感？

虹影：宋朝是中国封建社会的极致，明朝是中国封建秩序崩溃，晚明中国小说的奇特繁荣，就像《十日谈》时代的意大利，《堂吉诃德》时代的西班牙，市民社会的丰富程度，使我坚信，如果给予机会发展，中国现代性很可能产生。所谓16世纪的色情文学，就是社会开始解放，人性开始觉醒的象征，可惜的是，满清入关后，为了取得少数人统治中国的合法性，走向儒家原教旨主义，返回僵硬的中世纪社会结构，礼教治国。现在的清宫演义电视剧完全忘记了这一点，"康乾盛世"是东方式道德专制主义，切断中华民族的生机。高罗佩与李约瑟等大师早就指出的：中华民族是性艺术的大师，只是满清三百年的思想控制，把中华民族弄得穷酸没落又道学虚伪。

我完全得自于自己的亲身体验。我从小就看到女人自杀，我们住的院子里就有不少女人自杀。我看过各种各样的死法，我小时候的邻居就是一个被卖出妓院改嫁的妓女，我每天目睹她的生活如何不幸，如何挨丈夫的打骂，最后她上吊。童年记忆影响了我的创作，以后的成长经历，看见女人受男人欺负和可怕的一面，体现了人性的许多弱点。反而女人可爱，善良，具有同情心，一直也处于社会弱势集团，作为一个作家，我有责任为女人说话，作为一个女人，我更有义务伸张女性的权利和得到平等。

胡辙：在你的作品中多次写道河流，《饥饿的女儿》里的长江中下游，《K》里的长江中游，《阿难》里的恒河。你自己也说"我就是那条河"。可见河流对你的影响深广，是否因为你从小就生长在河边，儿时的记忆给你留下久远的影响？河是母性的，是孕育的象征，你是如何解读河流的？

虹影：我的名字虹影，仰天之水，相遇阳光。河流不仅是我生命的象征，而且就是我的生命本身。

我生长在长江边上，我的父亲是长江上的一个水手，我的母亲就在长江边干苦力。小时候正是"文革"，经常看到有人奔跑往江边而去，跳江自尽，女尸的脸都是朝上仰着的，而男尸脸都是朝下。当他们浮起来的时候，一旦他们的亲人或仇人来，他们的七窍都会出血的。我看见船翻了，很多的脑袋在江水中浮沉。我每天都提心吊胆，母亲如果坐船回家来她会不会出事，如果母亲从山上回来，我就会非常高兴。

几乎我的每一部小说都发生在河流上面。无论后来我到哪里，全国跑全球跑，我依然是长江的女儿，我始终感觉自己站在河流边上，永远是那个在江边奔跑的五岁的小女孩，希望有一个人来救我，把命运彻底的改变，我发现来救我的人，只能是我自己。

胡辙：在许多文学作品中，男性被刻画为保护者，女性为被保护者，而在你的作品《绿袖子》中却是完全相反的，这是俄狄浦斯情结的体现吗？

虹影：十年前我是彻头彻尾的女性主义；《女子有行》让许多男同胞大喊"太张狂"。但后来我就觉得女性主义有点简单化，性，并不是专门用来压迫女性的。在6年前写的《K—英国情人》里，我试图把这些复杂的文化冲突，层层剖析。我想，在《绿袖子》中，我把性爱与最严重的政治对抗——战争——对立起来。我想表明，哪怕在最不考虑人性的战争中，恐怕最需要保持的就是纯真的性爱。

胡辙：2001年你被国内书界评为活跃于文坛的十位女性人物之首，"脂粉阵里的英雄"。对于这样的称谓你感受是怎样的？

虹影：在这儿我引用北师大评论者王文艳的原文：虹影至从1991年留学英国以来，在海外一直坚持用中文写作，并保持着旺盛的创造力，近年来发表了多部长篇小说。其作品在海外备受赞誉，并多次获奖。最近更是凭着《饥饿的女儿》《K—英国情人》《背叛之夏》三部作品，被授予了意大利有"文化奥斯卡"之称的罗马文学奖。但是，大陆批评界对其作品从学理层面进行探讨的文章一直很少，相反，她的名字更多被当成供消遣的文化符号。

这一方面是由于媒体为了宣传作品进行肆意地炒作所致，"搅动国人心灵禁区的文字魔女""中国情爱小说女王""脂粉阵里的女英雄"，这一系列耸动的名字更多地体现了一种暧昧的商业性因素；另一方面其作品在国内出版屡遭"厄运"，官司连连，在作为现象被报道的同时，却缺乏冷静的反思。先是《饥饿的女儿》被控"改名增字，重复出版"跻身"2000年十大书业官司"。2001年，文化名人陈西滢、凌叔华的女儿陈小滢认为虹影创作的小说《K》中的性描写丑化、玷污了她故世的父母，给死者和她本人都造成了精神损害，因而将其告上法庭。官司持续三年，最终以虹影修改作品相关内容、向死者家属赔偿、道歉达成和解。

围绕虹影的关键词始终是"争议""是非"。这些"争议"与"是非"往往被简单地理解为负面性的因素，甚至有批评家认为这是作家为增加知名度而故意对自己进行炒作的手段，因此提出"不读虹影"。

我以为这些"争议""是非"其实包含着积极性的因素，可以促使我们对很多问题进行反思，对于文化建设来说，是有很大意义的。这些问题并不单单只是发生在虹影身上，而是由于各种原因一直被妥协并遮蔽起来。这次引发，使得我们得到一个很好的反思机会。因此我们不应该再被媒体制造的热闹泡沫左右我们的视界，更不应该参与媒体"共谋"，而应该冷静下来，去思考背后所隐含的种种问题。

关于《饥饿的女儿》一案，我们是不是可以借此重新思考什么是正常的出版秩序？在市场经济的今天，作者与出版社之间应该怎样建立起更为"双赢"的关系？《K》一案，使我们更为关注：作家根据一定原型进行创作，其反映真实的分寸究竟应该如何掌握？在法律上又该如何做出相应规定？"《绿袖子》事件"，使我们更为关注媒体报道与作家权益的问题。这些问题也许依然不能解决，但是它们的"浮出水面"，将为我们文化建设的健康发展提供新的思路。

作为新移民作家群的重要代表，虹影的创作在海外享有一定的声誉，她受到欢迎的原因，我以为很大程度上是因为"跨越疆界"的生命体验赋予了她看待世界、人生的不同眼光，凝结在富有意味的文本中，既给国内文学增加了新鲜的血液，同时还拓展了文学想象空间。国内批评界对她的冷漠、拒绝，实际上是自我封闭和狭隘化的一种表现。

随着资本全球化的不断加剧，将会掀起更为猛烈的移民浪潮。更多受过良好教育，拥有双语能力的新一代移民会踏上异国他乡的土地，对通行语言的掌握使得他们可以自由地脱离华人社区，融入当地社会生活，甚至可以自由地行走于各个国家之间，感受不同的文化生活。接受的教育和"全球化"媒介对他们的影响，使得他们更能从容积极地调适自我与社会之间的关系，这种精神气度表现在海外华文文学中，必然会开创出更多元与更具包容性的新的文学空间与文化空间。而这种空间不仅仅给我们提示了看待世界的方法。正是在这一点上，新移民文学具有不可替代的意义。

2006 年第 2 期《世界华文文学论坛》

随和如风
——严歌苓对话录

时间：2004 年 10 月 31 日

地点：南昌大学行政楼三楼会议室

旅美作家严歌苓应南昌大学的邀请来校讲学。在这期间，她和中文系的教师及学生们举行了一次坦诚而又随意的座谈会。会议由陈公仲教授主持，他简要地介绍了严歌苓的经历，介绍了她的创作成就和创作风格，特别指出她是当今新移民作家的领军人物，她的文学创作对于研究新移民文学很有代表意义。

会议采取对话形式的自由漫谈。严歌苓开场，然后一问一答，所涉内容宽泛、丰富，妙趣横生，可见严歌苓的个性和精神面貌之一斑。

严歌苓：我十二岁当兵，在部队做了八年的舞蹈演员。中越自卫反击战时，我去前线当记者。去野战医院包扎所采访伤员，回来后开始专职写作。在 20 世纪 80 年代初开始写电影剧本。1986 年之前我是个军旅作家，是部队的创作员。1986 年开始写长篇小说。1988 年出国访问。1989 年再次出国，留学美国至现在。基本上，我的生命前半部分是在跳舞，后半生是在写作。开始是用肢体语言，后来是书面语言，现在暂时在非洲生活。

对我个人来说，我这一辈子都处在一个戏剧漩涡里。在我的生命里经常发生大的戏剧，民族的或者国家的，而且都与我个人有关。比如说"文化大革命"，七岁那年，我目睹了我爸爸和他的一些朋友的家道中落，然后又看到他和他的朋友相互间的背叛，种种人性的大自杀。这些在我童年和少年留下了很深的印象，应该说是创伤性的记忆。十二岁我进入部队以后，处在一个以男性为主的集体中。作为一个有着没落的敏感天性的年轻女孩（我是来自这样一个家庭：我爷爷留洋国外，拿到博士学位后回国，在厦门大学教书，抗战结束后自杀了。我们这个家庭出来的人都带有一种没落的、敏感的天性），在部队那样的集体环境中，对我个人天性的冲突和碰撞是很大的。虽然在外部没有发生太大的戏剧冲突，但是在我内心却时时处在怎样在这个集体中生存下去并且不被他们"消灭"或者同化的斗争中。所有我内心丰富的、细腻的感情越来越倾向于内向化，这使我形成两重人格：外表是一个很随和的女性，而内心保存了血液中家庭给予我的敏感、细腻与多情。出国前，我在北师大作家研究生班学习，和莫言、余华是同班同学。出国后，每天都有生存的问题，我每天都处在戏剧漩涡当中。我就想，我从当兵、做记者、经历"文革"等，种种阅历在我四十五年的岁月中，怎么装得下去，怎么记得下这么多故事。当然这些对我来讲是很幸运的事情。不幸的是这么多经历催一个人老，催一个人从心灵上来说太早地、太多地看了人性的种种表演。我就是这样地走到现在，"文革"剥夺了我们很多的选择，我想如果我有选择，我一定会成为一个科学家，但是因为没有选择，我只能随着自己的这种基因变成了一个艺术工作者，去跳舞，然后成为一个作家。对我来讲，命运还是厚爱我的，把我永远放在戏剧漩涡里，使我永远不能穷尽写作的题材，所以我总是觉得来不及写，总有一种紧迫感。我想如果我不把这些故事写出来，就带着它们离开人世。我觉得这是一个让我觉得很有紧迫感的问题，我希望在我的 high time，也就是我的生命高峰期能够把我想写的作品都写出来。

胡辙：《少女小渔》中主人公小渔这个人物是你理想化的人物吗？

严歌苓：小渔是我理想化的人物。我很希望女人不精于心计，不要精于算计。我认为那些美国的女权主义者是很不懂女性的。她们用一种与男性对抗的态度来显示自己的力量，这种敌对是非常吃力、非常累的，而且是很不愉快的一种男女共处的局面。对小渔内心世界的构造，我是基于一些我认识的而且熟悉的一个或者说是几个农村妇女的那种宠辱不惊的处世态度。就是说，她丈夫当了省长也好，被打入牛棚也好，她们对人对事从来没有得意或失意过。她们就是那种非常平实的普通的女性。她们照顾她们的孩子，做她作为一个母亲应该做的。这种平常心，这种态度，我就觉得是我理想中的女性。她们是蒙昧的，是女性、男性概念产生以前的一种女性，这实际上也是我自己所追求的境界。在做人和做一个女人时我也会常常想：一旦要和别人计较什么，就会俗气。我自己着力使自己成为这样一个女性：她们生来就温厚、善良，不斤斤计较，不去算计。所以我觉得小渔是有一定象征性的。

《扶桑》的象征性就非常明显了。扶桑是一个比较抽象的人物。这确实是有我理想化的一些东西。最后一点，小渔这个故事是我听来的，是一个真实的故事。这样的故事并不罕见：年轻女人嫁给一些社会上的垃圾，为了得到一张绿卡，上演出许多啼笑皆非的故事，一些悲剧，更多的是闹剧。小渔的这种精神，即一个人可以很卑微，但是她可以活得很尊严。小渔就是靠自己的勤劳，靠自己的大度活得非常尊严。让那个白色垃圾般的老头，通过和小渔这场假婚姻，逐渐逐渐地尊严起来了。我希望通过一双西方人的眼睛来看到东方女性身上几乎是接近原始的一些美德，是没有受到现代文明侵害的美德。

胡辙：《白蛇》对同性恋者许青山，你更多地是从外部来描写她，而没有做内部聚集。我想像她这样的人，可能内心是比较丰富的。你作为一个作家，是因为无法了解她的心理而只能做外部聚集，还是有意这样处理这个人物？

严歌苓：这是根据小说的形式和技巧来决定的。许青山是公众不能认识的一个人，即使是孙丽坤这个女子。文章用三种叙事方式来揭示这个人物，一层一层地看，看她到底是男是女。她从头至尾要有一个神秘感，她的暴露是在小说的末尾，大家才知道她是同性恋者。她始终是一个比较神秘的、不能把她全部揭示出来的人物。如果开始就暴露，小说就没有了张力，这是从技巧的角度来这样处理的。我写作时是没有想到技巧的。我写作时很少先想技巧、形式，就凭直觉写下来，我认为这样的小说会好看。大概十天时间就写出了《白蛇》。这篇小说整个的悬念和神秘使她处在这样一个位置：始终是社会这双眼睛在看她，而不是她看社会。这就决定了我用一个平视的角度来写。

胡辙：你获了很多奖，请问获奖对你的创作有何影响？

严歌苓：获奖对我来说是一个积极的、肯定的影响。首先，我是通过一次一次的得奖，与文学界、学术界及许多学者有了沟通，使我了解到他们对我作品的一些认识，有些是我自己在创作中都没有认识到的。因为搞创作的人只是凭直觉的。每一次得奖都能让我和这些学者产生一次一次的神交，这对一个创作者来说是很可贵的。任何一个写作的人内心都是脆弱的，需要不断地被肯定，如美国戏剧家田纳西·维廉姆斯，去世的时候身体极度虚弱，听说中学生在学他的作品，他流泪了。他说，难道我还是一个能被大家记住的人吗？其实他已经是美国的一个里程碑式的人物了，还为此受宠若惊，不敢相信自己。

很多艺术家有他的两极：一极是非常张狂、狂妄；另一极是非常的脆弱，完全没有自信心。像我，从天性上讲，都是非常脆弱的，是怯生生的，希望学者、读者能够给我的作品一些肯定。那么通过一次次得奖，我不断地获得肯定，对我的鼓励是很大的。除了学术上的神交，还有心理上的，使我的心理承受能力逐渐地好了很多。

还有一点，是非常非常实际，也是难以启齿的，就是它的奖金高。目的很简单，没有人际关系的干扰，就是凭自己的作品去争取，经济效益非常高。我在台湾得了九次大奖，最后一次，《人寰》得了一百万的奖金，大概四万美金。记得那次是我亲自飞到台湾领奖的。有很多记者围着我采访，而很多台湾作家坐在观众席上，冷漠地看着我，我就感到一种压力。就是说，我实在来得太多了，我不能把人家的奖统统拿走，当时就在主席台上宣布，我不会再来领奖了，要把机会留给其他人。我说到做到，再也没去。

在你得了那个奖以后，人们对你的要求非常严格了。你今后走的任何的一条路都给他们挑剔得不得了。这种挑剔对我来讲也是很痛苦的，所以我宁可急流勇退。那么，自从得了那个奖后，我也陷入了一种精神苦闷，即怎样超越自己，达到大家对你的期望。如果你做不好，那就是向大家宣布，这就是你的顶峰了。以后你走的每一步都是下坡路了。得奖是一件很刺激的事情。一个人在年富力强时总是寻找机会做一些很刺激的事情。我们大家都可扪心自问，包括我们的恋爱，包括我们所有的事情，都是在寻找刺激。

胡辙：在你的作品中，你刻画的人物对人性都怀有美好的向往，请问你自己是怎样看待人性的？

严歌苓：我是一个对人性比较悲观的人，特别是看了弗洛伊德的作品后，我更坚信这一点。弗洛伊德对人性是非常失望的。我的经历使我认为人生的悲剧是注定的。移民是一件不快乐的事，正如昆德拉所说："一个老是想要离开自己生活的地方的人，是一个不愉快的人，是一个内心悲剧情结蛮严重的人。"移民中包括林语堂、白先勇，从他们身上可以看到一些非常悲伤的情愫。移民的过程对内心来讲是一个很大的创伤，按弗洛伊德的说法，人的出生，离开娘胎，离开一个最最安全的地方，就是他人生的第一大创伤。那么，如果他要经历移民的话，和出生相比，是一种同样大的创伤。

胡辙：你的作品《扶桑》名字的由来？

严歌苓：首先是这两个字很好听，"扶桑"这个名字很响亮。另外就是，我取名都是先把文章的第一行字写出来，写到人物，就临时抓一个名字。我写东西极其即兴，跟我做人一样，很性情化的，所以我很少预先把名字想好。后来想，任何一个行为，看来是即兴的，实际上却有你长期的潜意识的心里积累。每一个行为是绝对的，也是偶然的，是和你潜意识的心理活动联系起来的。李白在《临路歌》里提到"扶桑"。李白说自己是一只大鹏，他的衣服挂在扶桑树上被撕的褴褛了。在他的诗里，扶桑是一棵可以挂住一只大鹏鸟的树的意境。《辞海》里说：扶桑是世界的极东边。极东边有一个岛，岛上有一棵桑树，太阳每天从桑树上升起。还有一个说法，"扶桑"是龙舌兰，龙舌兰是中国人航海到了墨西哥岛，发现了这种一百年开一次花的仙人掌植物，叫扶桑。因为墨西哥出土了一个大的石锚，根据它上面的附着物，推测它应该有两千年的历史了。扶桑是古老东方的一种象征。

胡辙：你在国外写作，有人说你只不过是把书房搬到美国去了，写的还是中国人的故事。请问你怎么看待这种说法？

严歌苓：（笑）书房在哪里？书房在我自己的心里。现在我的旅馆就是我的书房。我不给自己定位我是哪里的作家，我是中国作家？我是旅美作家？我希望达到这样一种境界：我的处境是我的心境制造的，我的心境就是我的处境。无论走到哪里，你首先写的是人类，写的是人性当中的种种面目，种种表现。写外国人也好，写中国人也好，写中国人在海外生活也好，这些都是次要的。所以书房在哪里都无所谓。这是我所希望的一种理想境界，我也正在追求这种境界。我走的地方太多了，很少把一个地方过熟了，我从小就喜欢做外乡人，因为做一个外乡人你就会以冷静的，侧目而视地来观察本地人的生活，不参与，不时时刻刻介入其中。

胡辙：在你的作品中，你非常注重动词的运用而很少使用形容词。请你谈谈你为什么偏爱动词？

严歌苓：这也是一个作家非常个人化的非常不能概括的特点。如果我提倡这种做法，我就是很不懂文学了。我只是觉得现在生活节奏非常快，不使用一些动词很难跟上今天人的生活节奏。我希望使一篇小说不断地在动。西方人很喜欢流动的东西。我希望我的小说产生一种变革，几个动作，几句话使这个故事往前走，使读者读起来不那么闷。当然我首先让自己写起来很快乐。有的人说写感觉要靠形容词，我对这个说法不以为然。我认为我写的很多的外部行为是内心活动的一种外化，是假的外部活动。外部动作来折射内心活动的。但我不愿意直接写内心活动，那样会使小说的节奏慢下来，使小说处于一种静的状态。

胡辙：过去的记忆是更好的写作源泉，还是现实的经历是更好的写作源泉？

严歌苓：现在我正在经历的生活，我只能写些随笔或别的，我觉得不成熟。如果现在任何以个人写"9·11"会很可笑，但再过五十年，人们会从当中找到一些寓意，过了一些年后，等它成熟沉淀以后，我想再来写就会有审美的价值。我们没有资格写现在正在发生的事情。任何一种艺术，它需要时间和地理的距离。你离开哪个地方，才能写好哪个地方。所以我是写不好正在发生的事情的。

胡辙：你认为什么样的小说是好小说？

严歌苓：一个好的小说作家是能够结合好的故事、好的语言和好的思想，能够把三者结合起来就是好的小说。生活当中给我们提供的故事使很多的，就看你怎样从故事当中发现一些意义。我认为小说的故事不是第一位的，小说的语言是第一位的。

胡辙：你作为一个女性意识很强的作家，有没有对自己的创作进行转向的打算？比如通过史诗性的写作，使你的事业更开阔些。

严歌苓：我想我大概是缺乏意识，也许有，那就是我对女性非常关注。任何一个作家都很关心女性，好的作品都是把女性写得很好的。如《包法利夫人》《安娜·卡列尼娜》，所有文学作品中描写得很精彩的人物，能让你记住的是一系列女性，你能记住几个男性呢？（笑）当然《水浒》写男性写得很好。男人在一起谈女人，女人在一起还谈女人。女性更性情化，她不像男性那么理性，而性情化使行为上出现很多偶然的东西。还有，女性与男性相比更边缘一些。用传统的看法就是女性是附属的，当然我自己不这样认为。任何一种非主流的东西，应该说都是意外性比较多。女性更好写、更有趣、更易变。

什么叫史诗性的东西呢？我想这个概念比较模糊，有的东西能够通过个人的经历投射出一段史诗。有的东西是直接用史诗的手法去写，我觉得这个很难界定。如果是按照史诗的手法去写，我推荐我的《雌性的草地》。我认为它是有一定史诗性的元素的作品。《扶桑》是一部个人观照的作品，但从它的跨度和容量来说，它也有史诗性的苗头。我写作品，不去给自己事先设定模式，一旦设定，那肯定写不出来。不要给自己设定很大的框架，那样会害了自己。

胡辙：你作品中的男性人物是否有符号化的迹象？

严歌苓：如果你看到作品中的男性是符号化的，那不是我有意的，我是绝对不希望这样来处理的。我希望他们都是有血有肉的丰满的人物形象。男性占主要地位的作品有《灰舞鞋》《雌性的草地》我没有符号化，但是我传奇化了。我比较喜欢非常阳刚的男性，我把我很多力量放在写女性上，大概有一些地方就疏忽了男性，用大师的话来讲男人是泥做的，女人是水做的（大笑）。我更欣赏女人身上的东西，我认为她们更灵动，更引起我审美上的快感。

胡辙：你的小说有的被改编为电影的，比如《天浴》。你认为小说更好看还是电影更好看？

严歌苓：我的小说改编为电影我基本上是满意的，电影是另外一种艺术，是导演的创作，我们应该用很客观的眼光来看待它。很多作家对自己的作品非常溺爱，非常护短，我无所谓。我的小说改编为电影的已经有五部了，如《天浴》《花儿与少年》《扶桑》《少女小渔》都还不错。

胡辙：你写的作品已经"征服"了很多东方读者，你现在用英文写作，是否像"征服"东方读者一样去"征服"西方读者呢？

严歌苓：首先，"征服"这个词显得太有力量了。我想艺术都是慢慢渗透的。我的作品已经被翻译成很多国的文字，而且在法国、美国卖得非常好，曾经登上美国畅销书排行榜第十名。我刚刚写完的一部小说是用英文写的，我认为这是自己对自己潜力的进一步挖掘，还很少想到要"征服"西方读者。

胡辙：你的作品的叙事者更像一个男性而不是女性，你怎样看待这种说法？

严歌苓：我今天的讲话方式是非常柔和的。我在台湾的讲话他们都说很具有雄性的力量，写作话语也很雄性。我想因为我是在男性集体中长大的，我十二岁当兵，二十五岁离开部队，当了十三年兵。在我青少年最能形成我意识形态的这段时间，我是在部队中度过的。这种经历就形成了我的雄性意识。

胡辙：请问作家是培养出来的吗？就像你一样在芝加哥学习创作以后就可以成为一个作家吗？

严歌苓：作家是不能够通过学校培养出来的。但有一些技巧方面的东西是可以使你在写作时省力气。老师可以指导你读很多书，这对你的写作很有帮助。我们每写一个故事时，我的老师总在旁边提醒我 See it! See it! 我的视觉里总是要看见我所写的事情。现在，只要我在写作时遇到障碍，我就想起老师的这句话，它就像一种巫语一样在我耳旁回响：See it! See it! Let it happen! Let it happen! Let it happen! 我认为这种训练对我今天的创作起了非常大的作用。

胡辙：请问你怎样看待网络文学？

严歌苓：我对网络文学是非常感兴趣的。网络使文化缩短距离，网络产生了一种新的文学。从网络上你发觉二十岁左右的人，他们的内心都很相同。我曾经被邀请担当网络文学的一个评审主席。我认为目前的网络文学还是一个初级阶段，很多语言因为网络本身的限制显得很粗糙。网络文学是一个新兴的事物，它会长大的，我对网络文学拭目以待。

胡辙：你怎样看待文学边缘化问题，及其与市场经济的关系？

严歌苓：美国只有一个文学月刊《纽约客》，一次只登载一篇小说、一首诗歌。文学作为一种艺术逐渐地现实起来。中国的很多作家把自己的作品改编为电视剧看做是成功，这很可悲。电视剧在我看来是一种次文化，它是一个随意的产业，不是一个真正的艺术。现在的社会已经不是以读书为唯一欣赏艺术的手段，文学受到极大冲击。但是要看到一部好的电影一定是基于非常好的文学剧本。使我悲哀的是，如《英国病人》这样的作品，也是通过电影才使人的认识到它的价值的，这就是今天的现状。

胡辙： 请问你的个人生活中，离婚对你的影响有多大？

严歌苓： 我是 1989 年离婚的，一个人经历了情感的死亡，重新站起来的时候，就是一场新生。我很看重感情。如果情感和理性发生冲突，我一定是牺牲理性的。离婚的创伤对我个人的影响是很大的。离婚后，我本想要做一个女教授，准备到美国一直读下去，读完 PHD 就做一个教授，做一个单身女人。后来，我遇到我现在的丈夫，我就把我的学程缩短了。离婚这件事从伤害变成了力量，使我懂得了很多情感的复杂性。情感不能说它是好的，或是坏的，情感就是情感。每一次感情的伤害都使我更丰富，更复杂。

胡辙： 你认为一个作家要具有丰富的想象力吗？或只有当文思泉涌时作家才能创作？

严歌苓： 文思泉涌就是想象的过程。我非常佩服想象力丰富的作家。我自己也应该是一位想象力丰富的作家。只要听到一点点故事的影子，就能激发出一大片的故事来。如《女房东》在台湾得了大奖，评论家认为它是一个零缺陷的作品。这个故事是我经过旧金山，在下午的雾中透过窗户，我看见一件半透明的女人的睡衣，我就觉得非常非常神秘。它比一个女人本身更女性，激起我丰富的想象，我就写出了《女房东》。再如《扶桑》，我误走进了一条小巷子的地下室，这个房子是旧金山白人移民的一个博物馆。我看到一张很大的照片：一个女人穿着清朝的服饰，非常矜持的表情。下面一行字写的是当年的名妓。我就觉得这个女人一定有故事，她已经是我小说中的人物了。于是我去查史料，想发现这个女人到底是谁？这个名妓到底是谁？从她的着装来看，她并不矮小，毫不卑微，她像女皇那么庄重。旁边很多人围着她，用一种很惊奇、很惊艳的目光看着她。我始终不知道她是谁，也不知道她叫什么名字，我为她想出了一个长篇小说《扶桑》。就是说整个故事是我想象出来的，但是所有的历史资料，她所使用的器皿是我从历史资料中得到的。我知道了扶桑当年会用什么来洗澡，用什么样的东西染指甲等等。《扶桑》是从一张照片开始的，所以我认为视觉对人的刺激所产生的想象是最丰富的。有时文字不能产生的刺激、想象，而视觉往往却可以。

胡辙：有人说女作家写作不只是看到，并且必须经历了以后，才能写出作品；而男作家只要看到就可以写出来，你是怎么认为的？

严歌苓：那我就是一个男作家（笑）。我不需要自己去经历，道听途说的故事我也可以写出小说来。我自己靠想象、思考写作，很少靠感觉写作。当然我又是一个女人，比较性情化，写了很多即兴作品。说女人都必须自己亲自去经历才能写出作品来，这种断言是否过分武断了一些。一个成功的女作家，我认为是靠想象写作的。

与严歌苓的交流暂告一段落，欣闻她已被聘为南昌大学人文学院的客座教授，我们期待与她再一次地交流。

2005 年第 1 期《中外论坛》（美国纽约）

率性至真 ①
——虹影南昌大学讲座实录

　　五月的南昌，空气中涌动闷热的气流，令人几乎窒息。突然，一道闪电划过，炸雷声声，顷刻，大雨滂沱，吞噬绿树红花。悠然，天又大晴，空中有彩虹靡丽。此时，著名作家虹影来到南昌。受陈公仲教授的邀请，虹影以她特有的真诚、直率与南昌大学的学生进行了一场热烈而富有激情的座谈。

　　大家好！我特别想借这么一个机会（南昌大学 65 周年校庆）和大家交流。我今天座谈的题目是《女性和现代性》。性——中国人谈性色变，而一个女人在这里谈性，那就更意味着挑战性。平常大家谈性可能觉得没什么特别的感觉，而我在这里谈性是和我自身的成长过程，写作过程密切相关的。

　　比如我最早的写作，被中国的评论家称为女性主义色彩非常浓厚的，甚至冠以女权主义范本的长篇小说《女子有行》。这本书写的是，在未来的时间发生在南方某所高校里的故事，就像南昌大学这样的大学一样。一群女研究生，被她们的男朋友所抛弃，她们就想着该如何来报心中之怨气，怎么样来复仇的故事。

　　这个故事的原型来源于我在复旦大学读书期间。那时正好是 1989 年底，我从北京到了上海，一下子被复旦大学那种特殊的气氛给迷住。学校里有各种各样的民间团体：诗社和文学社，经常举行一些活动。我们一群女同学经常参加这些舞会、party。有一次，我最好的三个女研究生朋友，她们几乎在同一时期被男朋友抛弃了。

　　她们就问我该怎样才可以走出情感的漩涡。

---

① 　本文为本书作者整理。

我说，没办法，另找一个更好的吧，或者完全忘记他，这个世界上又不是只有他们三个男人。

她们说，虹影啊，你要帮我们出出这口怨气。

我当年年轻，满腔豪气、特别仗义。我说没问题，我没别的本事，能有的就是写一本小说，帮你们发泄一下心中的郁闷。

于是我就写了《女子有行》。在这本书里，这些被男人抛弃的女人成立了一个报复男人的同性俱乐部——"康乃馨俱乐部"。

这样去写，不能说具有现代性，而是超现代性。因为我写作的时间是在 1989 年，而我的故事发生在未来，未来是凭空想象的，有很多你不可预测的事情发生，一切都是可能的。在未来的某个夜晚，俱乐部的女人深夜 1 点钟出门，开着故意弄得破破烂烂、喷上各种抽象符号、具有后现代色彩的吉普车；她们穿得非常妖娆，非常性感。把那些负心男人从家里抓出来，进行报复，给他们的身体一个致命性摧毁——对他们男性的象征——生殖器进行阉割。（场下听众笑）。

所有的男同学听了之后会紧张，你们不用怕。未来，那是未来，现在还没有到未来，所以大家不要着急。（场下大笑）。俱乐部的女人用的手段是奇特的，就是用剪刀，这是原始的象征。以前女人要保持自己的贞操就是用剪刀自戳。那么用剪刀来阉割男性，象征做到了一种极致。以这么一种方式对男人进行回击，我那三个女朋友看了手稿后都很高兴。

这部小说后来在《花城》杂志发表，好像在 1994 年第 6 期。发表以后，引起了很大反响。很多的男性评论家认为小说怎么可以这样写，就像刚才男同学们的反应一样，女人怎么可以这样做？你们刚才一定在心里骂我，只是大家不说而已，因为你们没有被阉割的这种威胁。

记得当时在一些小说选集里，编选人不同意选我这篇小说，但是在表现女性主义的那种选集里，她们绝对会把它作为一面旗帜。事实证明就是如此，以后入选这类选集，选此小说最多。很多后来身体写作的，70 年代生的人，都把这篇小说作为一种范文。

我们女人就是该怎么想就怎么做，不该顾及社会偏见。这篇小说里所写的故事，我自己感觉到了一种极致状态，小说中的叙事者并不是我。

作为作者本人的观点或主张，我认为男女之间的性别冲突，如果采用

逢簡採風　國畫森才　順德

这样一种方法解决，非常愚蠢。如果没有男的，我们女人在这个世界上活着也没什么乐趣。（笑）所以，我们不能把男人当太监一样消灭掉。

可这篇小说表现了中国最早的接触西方女性主义的一些思想，而且这样的书写和我的成长相关。读过《饥饿的女儿》的读者就会知道我的出生具有传奇色彩。我生在大饥荒年代，长在"文革"中。"文革"开始时我4岁，"文革"结束时我14岁。我刚好撞上了1976年"四人帮"打倒以后，80年代中国文学艺术解冻、复苏时期，我称之为文学黄金时代。我有十年时间流浪在路上。在这段时间，我和中国当今很多知名搞电影、绘画、诗歌、小说的人，相遇在路上。那个时候，人处于一种解放的状态，不仅在思想上处于一种解放状态，而且我们的身体也处于一种解放状态。

有男人说，女人嘛，就是为了贪图物质享受而解放，最近我还听到有些评论家说："女人第一就是贪图物质享受。"我认为这看法完全不对。女人追求物质享受是不一样的，我们那年不是为了物质享受而解放，我们的身体，具有叛逆的思想，在男人、女人关系上都非常地纯粹。因爱而爱，因性而性。

对于我来说，这段经历像高尔基的《在人间》《我的大学》。在进入复旦大学作家班之前，我从来没上过大学。社会就是一个很好的大学。我在那个时候见识了各种各样的人，给我的生活及心灵带来了很大的影响。之后我到了北京，在鲁迅文学院学习，我已成为一个诗人，一个作家。

有意思的是，在20世纪80年代，一个诗人、一个作家，他（她）完全可以靠稿费来生存。发表一首诗，很短小的一首诗，30块（元）钱稿费，这30块（元）钱，可以一个月不为生活发愁。坐汽车、坐火车，只要说你是喜欢文学，写诗写小说的，都可以受到欢迎，免费。

在那个时代，列车员会对你很好。你没带钱或者你根本没钱。你要到一个陌生人家里去，比如说陈公仲老师家里去，你说你是爱好文学的，现在没钱了也没处住，陈老师肯定说没问题、没问题，你想在我家住多久就住多久，你到南昌就来找我。

那个时期，人和人之间的感情特别真诚、特别好！我非常怀念那个时代。那段时间为我的文学写作和经验提供了一个好舞台。

在上海读书这段时间，我发现上海是一个很奇怪很奇怪的地方。它是中国现代性的象征，在上海可以找到中国现代性形成的轨迹。旧时上海各种各样的人在这儿进行各种各样的冒险，上海就是冒险家的乐园，在这里你可以实现你的梦想。我对上海产生了特别浓厚兴趣。

在上海读书期间，我经常跑出去看夜场电影。那个时候国泰影院和大光明影院放映连场电影，通宵电影。外国电影和中国电影一起放映，一般开场是中国电影最后是两部外国片。看完电影后，我走在路上浮想联翩，那时上海还没有今天繁华，高楼大厦还很少。在经过那些老租界里的老式的洋房时，感觉到每一幢房子都有一个特别神秘、让人捉摸不透的故事。

我每一次经过上海国际饭店的门口，都很害怕进去，总觉得其中会有很多神秘故事。我去图书馆查资料，上海国际饭店当年号称远东第一大厦，是东方人投资西方人经营，并且在孤岛快要沉落的1941年，60多年前，这里就像是东方的《卡萨布兰卡》，中西各式人在租界里较劲，为了搞到各自所需的谍报。有日本人、也有美国人、英国的、德国人，汪伪、军统这孤岛是角斗场。我去图书馆查找中国的帮会，黑社会的各种资料，研究中国的妓女史。这个称为冒险家的乐园地方，目前只是对某些男人而言，比如说沙逊、哈同这样的外国冒险家来这里实现他们的梦想，建立他们的王国。还有中国的荣家、宋家，这些中国资本家族，难道不是如此？对联华、明星，这些中国电影业的开创者，也是如此，在上海这块土地上发挥出他们的智慧。像黑帮头目，黄金荣、杜月笙和张啸林等，好多文学作品都对他们进行了记录，而越来越多的作品好像趋向于一个模式：女人都是小家碧玉的一种形象。这样写，就是把自我隔绝了，把全国隔绝了，把上海隔绝了，就是封闭性的写作。

其实，在早期的上海，女人也像男人一样的血气方刚，女人也在上海成就了自己的事业。长久以来，文学作品上，就这么一种女性形象，是一个空白。于是出现了一个矛盾：上海的男人是冒险家，上海的女人却是碧玉小家。这与其说是上海女人品格的总结，不如说是上海女性在压抑后自我制造的神话？为什么制造这种神话？取悦男人！在"乐园"中站住脚跟！这叫做女人曲线策略。在一个世纪后的21世纪，继续这种神话，延续"上海女人柔情如水"的神话，就是一种奴性了。

须知，上海人原先都不是上海人。在20世纪50年代上海户口冻结之前，上海人是全国各地，甚至全世界各国，敢离乡背井闯天下的血性男女集合起来的。如果如此汇总起来，创造中国现代性的人，一半是小气精明的小家碧玉，可能吗？广东上海人阮玲玉性格刚烈，湖南上海人丁玲敢于为天下先，写出女子的性觉醒，甚至上海上海人张爱玲也是敢于把握命运的人！至于女校长、女律师、女教授、女银行经理，都是小家碧玉？

联想到我自己的身世，如自传《饥饿的女儿》写的：我是一个私生女。作为一个社会边缘特殊身份，一个私生女是为社会所不容的，就像霍桑的《红字》一样。我的母亲，她是从家里逃婚出去的，从忠县农村，逃到了大城市里，在大城市里正好被一个袍哥头子、也是黑帮头子看中。母亲被他娶回家之后，生下了一个女孩，也就是我的大姐。因为我的母亲生的是一个女孩，她就遭到丈夫的殴打、歧视和冷落。如果她生了一个儿子，生活将是另外一种样子。我的母亲不甘于忍受这种命运，从家里抱着我的大姐偷偷跑出来，在长江边上，嘉陵江边上，靠给人洗衣服来维持生活。

母亲碰到了我的养父，他是我母亲的第二个丈夫。我的养父在大饥荒中是个拖轮舵工，在长江沿岸来回走，他很久没回家。他家里有五个小孩都饿着肚子，全靠母亲一个人在外面做体力劳动，来养活这个家。一个比我母亲小十岁的青年爱上了我的母亲，帮助我的母亲。他们产生了感情，我的母亲怀上了我，这是一个爱情的结果。

这在当年为整个社会所不容。在到底是要我，还是不要；我是否存在（降生）于世上，这问题，母亲非常犹豫。要了我以后又该怎么办？最后，我的母亲非常勇敢地决定生下我。这件事很快就变成一桩丑闻。我的养父患眼病回家后，很多街坊就是把我们家里的事情当做一个很大的社会事件。什么街道委员会、我的邻居，几乎所有的人都参与其中，认为我的母亲是一个坏女人，把我的母亲和我的生父告上法院，由法院来裁决。我的养父做得非常好，他不仅让我在这个家里存活下来，而且担当了一切责任，使我的母亲和我的生父也免于了刑法。我的养父对我的生父说："你可以跟你爱的人走。"

在这样一种状态下，我的母亲作出了自己的选择，继续留在这个家里。为什么呢？因为有那么多孩子在家里，而且那时，我的养父的眼睛夜里已经看不见了。我的母亲留在了这个家里，继续承担这个家庭的重担。

我的母亲就是一个很了不起的女性，所以我写《饥饿的女儿》。

很多人说，虹影你是怀着一种仇恨吗？我觉得不对，他们都误解了我。我对我的母亲，对我的两个父亲，甚至对我的两个哥哥和三个姐姐，都怀有一种很深的感情，就像水中的火一样，你根本看不见的，是一种非常深的、一般的人体会不到的那种感情。

当你重新读过《饥饿的女儿》，你就会发现，一个人不是对这个家庭、对这段历史重新冷静地看待之后，她不会这么写，她肯定就会带有一种仇恨一种不宽容、一种不理解。写过了《饥饿的女儿》之后，我觉得这本书不仅是对我自己的命运、自我身份的认同的记录，而且是对整整几代女性一种自我意识觉醒的记录，尤其是对我的母亲包括我的姐姐，包括那种下层的普通妇女的命运有了重新的认识。于是我写了《K》这部女性中心主义的小说。

这本书被禁掉后，在上海我研究妓女史、帮会史、还有我自己的身世，我该用写作本身来对于这件事进行一种对抗。

于是我就写了《上海王》。上海清末到明初这段时间，一个女人的成长和现代性在上海形成，这两条并行发展的线路作为我的写作核心。《上海王》我不是写一个男人，而是写了一个上海女王，写小月桂这样一个女人，她就有些像我的母亲一样。一个乡下的丫头被卖到了城里，在妓院当丫鬟，被黑帮头子看中，成了他的情人。

命运波澜起伏，之后她成为另外两个黑帮老大的情人，最后她掌握了整个黑帮，掌握了整个黑社会，征服了上海，依靠她的聪明、才能和智慧，她靠她自己本身。我特意在书的第一页上面写道："叙述者声明：本小说绝非向壁虚构，欲对号入座者，详见第二十七章。"我认为这就是一个最好的回答。上海的评论家朱大可有文章评论："虹影写《上海王》其实就是对长春中级法院的判决一个最好的回答。"

我觉得也是对所有女性在我们社会当中，处于一种弱势地位的一个最好的回答。我在我的小说里表达我想说的观点，我的寓意。

我的小说大都根据史料所写。在当时的上海确实有很多杰出的女性，比如像宋家三姐妹这样顶天立地的女性，这种大开大阖并非小家碧玉的女性，可以和男人并分天下，并不逊色于男人的女性。旧上海当年就有女法官、女教授，女银行家，这样的女性一直没有在文学作品里出现。

这个故事是和我自身的经历非常相似的，因为我要在上海、在我的小说里实现女性主义的觉醒。其实，这样写我并不是先行者，比如我刚才提到的丁玲，她不仅写出女性意识的《莎菲女士的日记》，而且身体力行，敢和两个男人同时同居，并且她敢于承认，在报纸上公开的发表文章声明：我同时就爱两个著名的男作家。敢于在当时发出挑战。她说我可以说出他们的名字来。很多人在议论我，把我当成茶余饭后的谈料，对这一切我不屑一顾。丁玲很了不起。

在我的文学作品里也有丁玲这样的女性。很多的人认为，虹影的作品里要么是妓女、要么是黑帮女头子、要么是女间谍、女大明星等，虹影有毛病。我是有毛病，毛病还很大。

现在我回到我的上海主题上来，最新的小说《上海之死》发生在上海的租界，1941 年，孤岛快沉落的这么一刻。在上海国际饭店发生的那么短短的十二天时间，一个女人，她要得到日本的情报：日本到底会对哪个地方进行袭击？她要面对每一个可能的信息并进行推理和和判断。她就是于堇，一个电影演员、话剧演员，也是远东间谍的核心情报人员。她从香港返回孤岛，经过努力，得知日本人偷袭的第一个目标是珍珠港。当她得到这个情报以后，为了中国抗战的胜利而谎报了情报，最后牺牲了自己的性命。

就这么一个故事。一个女人几乎可以在短短十二天改变整个世界。世界上存在很多未知数和偶然性，这完全可能。我觉得历史是由这许多偶然性造成的，比如像于堇这个人物，亲情和国情交织在一起，爱情和国情交织在一起，她必须在亲情、爱情和国情之间作出选择。最后她是以国家的利益为重的。我在昨晚看到南昌大学迎校庆的晚会——《可爱的中国》时，我也想了很多。这台晚会有我小时候接受的爱国主义的内容，为了国家可以牺牲一切。中国人在国歌声中认识到自己的真正身份。虽然我加入了英国国籍，但我一直用汉语写作，我一直认为我仍然是中国人。如果我是于堇，处在那一刻，是把这个情报报给我的养父，还是让我们中国的抗战得到胜利不惜付出生命的代价？我认为这选择是毫无疑问的。我在写这本书小说时，和我以前写小说的感觉，完全不同，前所未有。

我在西方生活了那么久，用一个简单的事情来说。就是女人都有那种SHOPPING的毛病，就我而言，却完全没有。可是我过一段时间，会去商店里转转，看看最好的商店它是什么样的一种状态，他们对一个东方人一个中国人会是什么样的态度。十几年前，我去的时候，在哈罗兹，就是黛安娜的情人的父亲开的那家店。我去的时候是没有一个人理我的，因为他们认为，你是一个东方人，肯定是一个穷人。再过了五年，中国的经济发展了，我再去，就会有小姐迎上来问你，但不是特别客气，首先会问你是不是日本人？我说对不起我不是，那她就更不热情。现在，你知道会是什么样的吗？所有的人都围着你，并且绝对地认为你是中国人。她绝对不会想你是日本人或其他什么民族的人。你要看帽子，所有的人把所有的帽子一一端来，让你对着镜子试，服务特别周到。你要看鞋子，所有的人把所有的鞋子排列在你的面前，各种各样，所有的人都向你介绍，对你不厌其烦，爱怎么样就怎么样。你根本不买，转身就走掉，她一点抱怨都没有，她认为中国人就是消费得起，中国人你就是不敢怠慢。在文学上的地位也是一样。在西方经常有一些文学节，他们是要排座位的，那么最先是白人、有色人、比如印度人，中国人在哪里呢？在索因卡的后面，经常我是在被安排在这样的位置。照相时等级最明显，不是所有的人站在一起，而是一个一个地站在阳台照。他们是有阶级的、有等级的，排列得特别清楚。现在，中国人排在了印度人的前面。

为什么会发生这种变化？这和我们中国今天在国际上的地位改变非常相关，中国成为世界关注的中心，我们在国外的地位也就改变了。你搞文学的不是以你的文学作品为主，而是按人种来排位子，这样的事情依然发生在今天。

今天在座的每一位，你们来研究一下这个课题：女性在今天究竟扮演什么样的角色？好像我们今天讲男女平等，在西方女权主义已有一片天地了，好像男女已经平等了，其实不是。在西方，性别歧视也非常严重，只不过在西方有法律的保护。你对女性性骚扰，她可以起诉你，让法院来赔偿或进行制裁。在分工种的时候，老板对你性别歧视；你要生小孩，老板要解雇你；你可以用法律的手段来保护自己，给我们女性以必要的保障。

我不认为我是一个写作的人或是一个作家，我是一个会讲故事的人。

下一代人看见了我的书，或者说把我当做一个讲故事的母亲，这么一个身份，我觉得更好。因为讲故事就是一代一代这么传下来的，把上一代的故事通过书写的人传下去，我就是能够讲故事而又能书写的人。我想下一代人也是这样，一代一代的就这么传下去。比如你们搞一百年校庆，那时候我不在这个世上了，转世之后我的人又回到这里，从这教室窗外走过来一看，好像大家在说曾经有一个叫虹影的人，在谈她的作品，我就会如现在一样发出一种欣慰的笑：我曾经在这里给大家讲故事，曾经和大家对话过。

谢谢大家！（掌声，热烈的掌声）

问：《英国情人》里有些人物，是否在影射诗人徐自摩？

虹影：应该是这样的。因为我的写作是把历史和虚构这两者结和在一起的，我的创作一直都是这样，所以也造成了有人会对号入座，并且，非常容易地把我告上法庭，非常容易地用所谓的"房中术"，淫秽罪啊！把我一棒子打死。好在现在我们的媒体、我们的大众研究了这个故事，读者的眼睛非常明亮。历史经过作家之手就是可以变为更加精彩的故事。我的很多书里，包括《上海王》以及最新出版的《上海之死》，你都可以在生活中找到原型的。

问：你在自传小说《饥饿的女儿》里说你忘记了你生在那一天，那么你现在一直都忘记了你的生日吗？

虹影：老有像你这样的朋友提醒我，我一直以来都是不过生日的。我写《饥饿的女儿》就是让我重新认识自我。把原来的生活重新看一遍。在从前的生活里我可以找到原动力，使我知道，我来自于底层社会，是和其他作家都不太一样的，其他作家一般都是来自于知识分子家庭。即使像余华这样来自于浙江一个小镇的，他的父母也是牙医。像我小时候在家里就找不到一本书来读，完全靠自学。在路灯下面看书，抄书。我记得我把很多文学名著都抄下来，我的眼睛现在很近视。我特别感谢南昌大学，陈公仲教授，给了我两份聘书（南昌大学及南昌大学科技学院的客座教授）。这对于其他作家来说，可能根本不算什么，因为他们已经在大学呆过，有的甚至拿到硕士、博士学位，但对我而言，这次，是中国的院校给我的，我很感激。在西方，很多大学里在研究我的作品，甚至拿我的作品写博士论文，那些我都不觉得什么，为什么呢？因为我应该被研究。可是这次南

昌大学给了我客座教授一职，对我来说我觉得我从来没有如此的幸福和快乐，特别感谢大家。（热烈的掌声）

问：你的童年生活很不幸，这段时光是否给你留下了深重的心里阴影？

虹影：绝对如此！我写完《饥饿的女儿》之后，本以为那段苦难已经过去了，事实上不是，那种后遗症还是在我的身上产生了。在英国，人们通常会选择去看心理医生。心理医生中国现在也有，比如像北京这样的大城市，看心理医生的价位都提高了很多，一个小时从 100 元到了 300 元。我在英国看了差不多半年多的心理医生。那些医生对中国的文革，对中国的大饥荒，对我们的艰难，一无所知。他们认为你的这些经历有什么了不起吗？在英国到处都是单身母亲，政府的福利很好，会给你房子，还会给你钱。他们根本不认为我的问题是一个事情，他们不理解。我就觉得我不能再和这些医生谈下去。我得靠自己慢慢治疗自己。从这件事中，我觉得中国文化要想和世界沟通，需要做很多工作。

问：苦难是人生的老师，苦难是人生的财富。那么根据你的经历，你是怎样来看待苦难的？

虹影：你说的特别对，我的经历就是一个最典型的例子。如果我没有经历过苦难的童年，今天我就不会坐在这里和大家交流。

那段苦难的日子，我至今毫无怨言，它使我成为了一个通过文字和人说话（交流）的人，想让人分享我的故事的人。比如说，大家都在说抗日，那么怎么个抗法？抵制日货，烧日本的东西吗？不是这样的，我们应该看一下整个"二战"是怎么开始的；日本对中国到底做了什么？把这些来龙去脉重新地看一下，并且还有那么多无名的人在抗日战争中献出了自己的青春和生命。如果把这些写成故事流传下来，非常非常有意义。对我自己而言，正因为有那样的童年，我在写女性主义的作品、写女权主义的作品时，才找到了一种精神依靠。比如小时候迁居来的我的邻居，她是用两个银元买来的妓女。她对她的丈夫特别好，可她的丈夫稍有不如意或一喝了酒，就对她拳打脚踢。最后她是以上吊自杀而结束了她的生命。在我小时候看来，女人根本就不是人，女人比畜生都不如。在这样的环境中长大，我对于女人在这个社会上能够被尊重，能够获得应该有的认可和尊严，我认为这是非常重要的一件事。

问：长篇自传体小说《饥饿的女儿》被英国《星期泰晤士报》（1998年8月9日）称赞为"虹影的自传是关于中国普通老百姓生活的写照，关于生存，关于自我的发现。"你的主旨是要表达女儿六六的双重饥饿——对物质，对性的饥渴。而我在读这篇小说时感到小说讲的主要是对于爱的缺失。如六六是私生女，从小无人关爱，只能到历史老师那里去寻找；六六的母亲是被土匪头子抢去的，而非她的自愿；尤其是对六六打胎一段的叙述，冷静而残酷；其生父为了某种道义的或所谓的忍让等原因离她而去；六六的大姐频频离婚。所有的人物都被抛入特定的饥饿的社会大背景下，人人都没有爱。你认为是这样的吗？

虹影：在那样的一个环境里，我们存在着食物（物质）上的饥饿、精神上的饥饿、性上的饥饿，这三重饥饿表现了那个特殊阶段的历史。在这样一种情况下，唯有爱是最真诚的，唯有爱和亲情可以支撑我们活下去。在最下层的普通老百姓之中，那种血肉亲情，即使没有血缘关系的，他们生活在一起，共同度过了那段艰难的时期。我作为一个来自最下层的普通老百姓家中的一员，写出了中国最下层的普通老百姓的生活。美国的王德威教授，他在评论《饥饿的女儿》时，非常准确，他说鲁迅当年写《祥林嫂》的时候，是为祥林嫂说话，祥林嫂是一个根本不识字的人，鲁迅为祥林嫂写文章，替祥林嫂发出声音；他说虹影写《饥饿的女儿》，其实是为所有像虹影的母亲和姐姐那样的女性而书写的。谢谢他这么评价。这也是这本书在西方的（一些）大学被列为必看书之一的原因，并且在老百姓当中，这本书也口碑相传，受到欢迎。让我们重新认识了一下：中国为什么会遭受那样的大饥荒？我在书里谈到了最重要的一点就是——其实人缺乏忏悔精神。我们都缺乏这一点，这是最重要的，作为人来说。（掌声）

问：和别的女作家的作品相比，如方方、王安忆的作品、她们的作品都有着浓重的宿命感，悲观主义色彩。看你的作品都是很乐观的、向上的、积极的。在现在这样一个人们普遍感到焦虑的时代，你是怎样做到乐观的？你有宿命感吗？

虹影：我有宿命感。你可读出了我作品潜在宿命感或悲观主义之下的思想——对整个人类的思想（思考）。你看我的作品里的人物很少有活着出来的。（笑）如《上海之死》几乎每一个人物，不管是所谓的好人还是坏人、汉奸还是共产党员，包括于堇、包括美国间谍头子、反法西斯的其他人，没有一个人是活着出来的。像《上海王》也是，小月桂最后征服了整个上海，可是她失去了爱情，失去了自己的亲人。像其他作品一样，没有一个人物有好的结局。也正因为没有一个好的结局或者是一种悲观的东西，它给我们的读者就提出了我们大家都需要解决的问题。我的小说一般是提供了这个问题，我不回答问题。向你刚才所说的，就是说我的作品会给读者以很美的一种享受。像《饥饿的女儿》里，我写的最残忍时候；我对于在大饥荒里那些可以吃的食物，对于树、对于那些植物的营养水，对于树皮，对于我的初恋，我的父亲母亲，我都有很美的描写。到最后，哪怕是我在医院里面要想打掉我的第一个小孩，都带有一种很美的描写。那种描写是人到了一种生命追求的另外境界。比如小说《K》，我对女性的书写，我对女性中心的性的描写，是一种非常美的的笔调，女性就是美的。性是谁都可以写的，木子美就写了、还有人把自己的裸照放在网上，到现在这个时代，性不是敢写不敢写的问题，而是写的美不美、艺术不艺术，成为不成为（具有）一种文化意义。性它最初带来都是美好的东西，而之后带来的都是悲剧性；而且它会揭示很多问题，政治问题、宗教问题、话语权问题、全球问题，所以性爱带来这么多的麻烦，这么多的烦恼，最终结果是怎样的？悲剧！好在我们看见悲剧后，我们还有勇气，我们还可以找到另外的途径——活下去！并且活得更好更美！（掌声）

问：你主要谈的是女性，是离开男性孤立地谈女性。那么你是怎样看待男性的？

虹影：我怎么看待男性？如果没有男性，我们女性活在这个世界上有什么意思？因为我们女性不可能把男性从这个世界上驱逐出去，把这个世界变为女儿国。我认为这是一个男女并存、应该平等的世界。在我的作品里，我对男性的喜欢或者对男性的书写，都带有一种唯美主义色彩。如《绿袖子》这部小说。我对男人身体的描写，好像在中国作品里也没有找到过；对少年，对十八九岁的男孩子身体美的描写。这种老少之恋我特别欣赏。（笑）我对男人非常宽容，我重视女人对男人的各种感觉。为什么会这么重视，因为我写的是以女性为主的作品。如果男人太弱，这个女人就更弱。男人越强，这个女人才会越有力，这个形象才会更丰满。正因为有男人来衬托我们女人，所以这个世界才会变得如此美好！（热烈的掌声）